等花开
等你来

上海滩女性素描

王岚 —— 著

上海文化出版社

本书作者 王岚

等花开 等你来

陈甦萍

青衣转身也铿锵

淳子

穿旗袍，
说张爱玲，
彰显上海格调

曹雷

所有过往
都已云淡风轻

等花开 等你来

蔡玲
叶落归根是上海

等花开 等你来

狄菲菲
声音也有秘密和味道

戴维

奉献，是最幸福的时刻

21

等花开 等你来

丹孃

把日子过成诗

25

范本良
成人之美的公益红娘

等花开 等你来

何肇娅
发现最好的自己

侯又郡
唯愿和茶痴缠一生

37

等花开 等你来

蒋韵
老洋房里的英伦梦

41

洁蕙

愿所有人都能享受法律服务

45

等花开 等你来

景绚

沪上金融金领

50

李黎明
编织时尚之都的文化名片

54

等花开 等你来

吕雅芬
如果能许一个愿望

58

等花开 等你来

马晓晖
拉出曼妙人生

62

孟昭艳
遇到沉香，世界就此安静

66

欧昆华
做你身边的天使

70

欧楠
梦想如霓虹般灿烂

74

等花开 等你来

裘索
"早稻田"毕业的女"先生"

78

等花开 等你来

沈昳丽

静静地吸收，
静静地释放

83

沈丹枫
链接中外文化的使者

等花开 等你来

史逸婵
精致柔软的
上海女汉子

王珮瑜

"跨界"的基础是专业

等花开 等你来

王萌萌

追逐高远 温柔以待

王倩文
黄浦江畔的巴黎玫瑰

104

等花开 等你来

王仁华
"管闲事"出名的上海女人

108

王维倩

在西方歌剧和
上海老歌中沉醉

112

等花开 等你来

116

吴尔愉

"微笑天使"逐梦行

辛丽丽
辛苦着美丽着

等花开 等你来

谢丽君
人生不向花前醉

等花开 等你来

邢伟英
把梦安在老宅

阎华
从"东亚圣女"到"克勒丽人"

颜正安
被幸运女神眷顾的女人

137

等花开 等你来

伊华
随心随性最幸福

141

余玲
"爷们"世界里的"美丽女飞"

145

等花开 等你来

张竞华
赠人玫瑰 精彩自己

149

张蕊清
幸福是不可言喻的
内心体验

153

等花开 等你来

157

张渊
风铃声中亲书画

赵静

水到渠成的精彩

等花开 等你来

赵珮莉

安心守护传统文化

周合
让这个城市有歌声

等花开 等你来

周卫红
有温度的女董事

朱丹
定位在副驾驶的智慧女人

178

等花开 等你来

朱惜珍
马路边的风景，
装饰了她的文字

182

为上海女性点赞

读到王岚这本专为上海女性写的书，我感到很亲切，因为里面有许多我熟悉的朋友：上海芭蕾舞团团长辛丽丽、二胡演奏家马晓晖、沪剧表演艺术家陈甦萍、演员赵静、昆曲闺门旦沈昳丽等，还有外交官夫人、教授颜正安，福寿园国际集团副总伊华，春秋旅行社副董事周卫红，律师袭索、洁慧，作家、主持人淳子、阎华，及摄影家丹孃、何肇娅、邢伟英，外资银行金融高管景绚，女飞行员余玲，志愿者标兵王萌萌、王仁华等等。她们对工作的热爱、专业、自信和在工作中做出的成就，为百年上海的辉煌增添了一抹亮色。

文明、文艺、文化，是上海城市精神的一种具体表现。本书以弘扬社会主义核心价值观为标准，用优美的文笔描绘了不同领域中坚持梦想、砥砺前行的追梦者，也体现了上海女性的国际化视野，以及她们在新时代新形势下，与时俱进的精神风貌。王岚笔下的人物，只是上海女性的一部分，但是她们都有一个共同特点：讲文化、有情怀，用文艺的心对待日常，用文化的神引领时代潮流；她们用文化自信，在各自领域创新求真，长袖善舞。

我为她们感动，也为她们骄傲！

徐枫

上海市妇女联合会主席

陈甦萍：青衣转身也铿锵

眼前的陈甦萍妆容精致，谈吐就像她唱戏般收放自如，间或还哼唱几句。从站上舞台起，陈甦萍一直以青衣花旦形象示人，观众也爱极了她柔弱温婉的公主小姐模样。

陈甦萍是为舞台而生的。18岁考进上海市长宁沪剧团，早早出道，24岁当选为长宁区最年轻的政协委员。因为戏唱得好，人均工资24元时，她就比人家多3元。当年加演一场，点心费才3毛钱，但她乐此不疲，"是真的喜欢呀"，她常常这样回答别人的疑惑。

沪剧是地方小剧种，一度也很不景气。但只要有戏唱，陈甦萍是决不肯轻易离开的，至今已扮演过五十多个角色。1988年，团里要排《原野》，她很想演女主角金子，但刚开始领导并无意于她。在别人心目中，她是大青衣、正旦，那么泼辣的金子她能演好吗？

1989年底，剧团为适应市场需要搞改革，陈甦萍被推上了股份制剧组负责人的位置。她马上想起了《原野》，想到了金子。她想演金子。演员是一种特殊职业，就是要在舞台上塑造各种人物。多年的舞台实践，她自信肯定能演好。果然，公演后，她扮演的金子让人耳目一新，得到同行和观众的一致认可。

这是她第一次转身，给了观众一个大大的惊喜。

2007年，在沪剧舞台上磨砺了近30年的陈甦萍，戴上了长宁沪剧团团长的头衔。其实之前，她因为钟爱角色创造，喜欢舞台氛围，不愿意劳心分神，一直是名誉团长。也是这一年，她被确认为上海市非物质文化遗产沪剧项目传承人。沪剧，是她最钟意的情人。

作为一个剧团的灵魂人物，如何推出新戏，开辟新路径吸引观众，成了她舞台之下的思考。《废墟上的爱》《苏娘》《梦圆曲》《小巷总理》和为建党95周年特意编排的《赵一曼》……一个个现实中的人物，在她精心演绎下，栩栩如生地站在了舞台上，扎在了观众的心里。从西装旗袍戏中的公主小姐到普通居委干部、坚贞的女革命家，青衣转身也铿锵。

赵一曼，是陈甦萍精心塑造的舞台艺术形象，也是她为之倾倒的革命者。同为女性，她被赵一曼的坚贞和信仰深深震撼。她专程前往赵一曼出生地四川宜宾，找到赵一曼的孙女陈红，连续两晚彻夜谈心，陈红向她吐露了心里话："没有见过奶奶，但所有人都说我像奶奶。东北的赵一曼烈士塑像就是按照我的原型雕刻的。"

有一场戏，赵一曼想感化看护她的小护士，于是拖着被折磨得遍体鳞伤的身子，说了一大段自己的身世。起初有资深专家认为这段有点假，怕观众不理解不接受。但陈甦萍每次排到这儿自己都会落泪。到公演时，她让儿子请了一些年轻人来看。没想到事后儿子对她说："妈妈，我们都被感动了，特别是给小护士说身世这段最精彩！"陈甦萍觉得自己坚持排这出戏的目的达到了，她希望更多的年轻人了解赵一曼。

陈红看后，大哭，动情地说："看了这么多的《赵一曼》，你就是我心目中的奶奶赵一曼！"

2015年12月26日，北京长安大剧院门口，人们纷纷在《赵一曼》的大型剧照前留影。开演前，陈甦萍心有忐忑：北方人能听懂沪侬软语吗？没想到第一场演完，掌声雷动。她心安了。剧院经理说："南方的戏曲到北方来，这样热烈的掌声好久没有了！地方戏一票难求好久没有了！"

到目前为止，《赵一曼》已经演出了近50场，其中全国巡演15场。留下三段经典唱段"月下思念""血泪遗书""陈八曲"。其中"陈八曲"是她博采众长的结晶。经常有人打电话来问："你们几时再演？"观众对一部戏念念不舍，对演员来说，是莫大的肯定和安慰。

不忘初心，方得始终。沪剧也要与时俱进。《小巷总理》是长宁沪剧团创作的以反映现实生活、弘扬社会主义正能量、传播社会效应的原创舞台作品。自2014年首演以来，就以接地气的剧情，经过多轮演出后，获得社会各界的良好口碑，"小情节，大情怀""小社区，大社会"，演者、观者，互动热烈，场面火爆。2018年，该剧纳入第20届中国上海国际艺术节"纪念改革开放40周年"系列演出；2019年，该剧结合现实生活，与时代同步，不断注入新的内容。

"有遗憾吗？"我问。"有"，陈甦萍轻轻抬起穿着绣花鞋的脚："排《小巷总理》时摔了一跤，膝盖动过手术，赵一曼在舞台上红衣白马双手持枪左右开弓的动作做得不是最到位……"她比画着，神色飞扬！

对演艺人员，人们总是有许多误解。作为剧团唯一的一级演员，陈甦萍很自律，也很自爱。这份自爱也影响了儿子，儿子从不张扬妈妈是著名演员。直到高中毕业，校长才惊道："我也是沪剧爱好者，没想到陈甦萍是你妈妈。"

作为母亲，演出再晚，陈甦萍第二天早上6点必定起床，"为儿子做早饭，看儿子吃好，骑上自行车去上学，然后放心地去睡个回笼觉。儿子长大成家了，回家再晚，看到我房里的灯光，必定要和我说说话"。此时，大青衣成了一位普通的母亲，眉开眼笑地细诉亲情。

淳子：穿旗袍，说张爱玲，彰显上海格调

多年前，读到一本《白天睡觉的女人》，作者淳子就此在心中盘桓。彼时，她是红透半边天的电台女主播，在《相伴到黎明》等节目中，掂着一颗细腻的心，尽洒才智。

认识淳子，是因为她的母亲。她母亲虽有着正统蒙古格格的血统，却是新中国第一代国安人员。一个冬日，那时电视里正热播谍战片《悬崖》，我去采访她母亲。老太太有个习惯，开门后总要警惕地左右看看，那是长年地下斗争养成的警觉。采访过程中，淳子戴着黑尼帽陪坐在旁，偶尔插一句，偶尔剥瓣橘子，轻轻吮吸。

因为都愿意亲近文字，所以时不时地约个咖啡，谈点小心得；偶尔也去听她的讲座。淳子讲张爱玲，讲老房子，讲上海人的格调，讲上海的前世今生……她身着合体的旗袍，那些即将逝去或者已经逝去的美好，从她嘴里说出来，竟是那般地契合。许多人预约不到她的讲座，竟会一早去排队，站在后面静静地

听，感受着她的用心和爱惜。

一次，在东方艺术中心，淳子主持一档评弹节目。开场前，阿姨爷叔一个个比分贝，剧场闹猛如市井。当淳子身着旗袍，在一晕灯光中缓缓出场、坐定，未开口，场子里瞬时静谧下来。待散场，许多人围在台前，欲近距离一睹她的真容。有人感叹："迪额人着旗袍蛮像样。"当旗袍脱离了家常的范畴，变成淑女名媛的标志，对穿着者的要求，便是越加地苛刻了。并不是有着一副好身材就能穿出好模样的，能驾驭者倒是不论高矮，无关年龄，但需得有内涵有韵味。日常生活中，穿旗袍者不多，能穿好看的，更不多。旗袍，是淳子的标志。

从小在洋房里享受供给制长大的淳子，爱上海的方式，也是独特的。追随张爱玲的足迹，淳子几近成了私家侦探。好几年的时间里，她左手拿着地图，右手捧着照相机，寻着张爱玲从小到大所有的足迹，一一拍照记录。为核实相关资料，甚至托人去刑警803查询。

眼看着许多有故事的房子一夜间消失，淳子甚心痛。她常常坐在旧时爱丁顿公寓沿街的咖啡馆，这里是张爱玲用情最深的地方，她怕哪天，这里也没有了。她会一个人去梅陇镇酒家，一碟两面黄，一盏茶，吃吃、想想、写写，因为张爱玲曾经在那条弄堂里短暂居住。所幸，眼前还有看得见的风景。

温州，张爱玲放下身段去看逃亡中的胡兰成，看到深爱的男人和别的女人已然夫妻,她忍痛离开那间小屋,至此挥泪情断。淳子一路寻去,说通屋主进到小屋里,举目四望想象着张爱玲的痛。临走,拍下屋主挥手告别的身影。这个升斗小民大概不会想到,因为张爱玲,因为淳子,他也成了历史人物。

在香港的幽深山道上,淳子纤弱的背挺得笔直,捧着近30斤的《小团圆》手稿复印件,喜悦弥漫全身,那是她从张爱玲遗产继承人宋淇儿子宋以朗处得来的。

常年的深耕积累,淳子这班人硬是把"张学"弄成"显学",她的演讲遍及两岸三地及东南亚,连美国、澳大利亚、加拿大的一些学术团体也邀请她去演讲,哈佛大学悉数收藏了她关于张爱玲的作品。那年在台湾诚品书店,想找淳子的《她的城——张爱玲地图》,被告知售空,甚觉惊讶。目前为止,该书销量已达10万册。她的《花开,张爱玲上半出》刚面世,也没见她造何声势,却也卖断了,邀约的讲座已让她的脚步停不下来。她道:"索性等《花开,张爱玲下半出》出版,一道邮寄给你吧。"

淳子在《上海格调》里写过:生活的品味与钱无关,与格调有关。淳子的格调,打动无数小资文青。在海纳百川包容并蓄的上海滩,她坚持优雅精致的路数,绝不向粗鄙流俗俯首。不管是吃枚本土生煎抑或芝士肉酱面,也要碟是碟,盅是盅,不肯马虎。

淳子的独特,不仅在张爱玲研究上,还在于她的真性情。一次，受邀去参观"最美图书馆钟书阁"。人皆说好，独她语出惊人："这是商人弄出来的营利模式，不是真正读书人需要的场所。读书，需要安静。"也难怪，淳子凭借自己的学识著作，已不需要去附和任何人，她有足够的资本成全自己，满足内心的需求和物质的欲望。自由自在，是她自己修来的。和所有女人一样，她也常常喊着再瘦点再减点，不过美食当前，她是从来不做作的，马卡龙可以一口气吃上六七个。

淳子不是明星，是作家，而且，她还把自己弄成需坐冷板凳的作家，一味地往小众路上走。也正是这样，她以一己之力，为海派文化留下点点印痕，为提升上海格调呕心倾情。她的微博粉丝有15万人之多，个人微信公众账号"淳子咖啡"一推出，关注者呈几何级上升。她只慢慢地，像喝咖啡时般，望望野眼，说说白话，忽地，就推出一篇美文，或者，一部著作。

曹雷：所有过往都已云淡风轻

曹雷，著名电影配音演员，海峡两岸密使曹聚仁的女儿，凤凰卫视时事评论员曹景行的姐姐。有着这样的身世和背景，要想平平淡淡简简单单地过一生，也难。

第一次见曹雷老师是在夏天，她穿着简简单单的花衬衣，剪着干干净净的短发，笑声脆亮。言谈间得知，"衣服是自己做的，头发是自己剪的，我还给自己看病……"一派云淡风轻。

讲起父亲曹聚仁，曹雷很感慨。曹聚仁1950年被组织上秘密指派去香港，当时有海外关系的人都被另眼相看。"文革"中，上海电影制片厂要她交代父亲的问题，但父亲所做之事涉及国家机密，她怎么能说呢？又怎么说得清呢？曾经有一个星期，厂里的大字报都针对她一个人，说挖出了一个"里通外国的女特务"。当时被整还有另外一个因素，只因她是上海戏剧学院重点培养的"修正主义文艺黑线的黑尖子"。那时曹雷还没结婚，未婚夫在北京工作，怕她想不开,三天两头给她写信,用毛泽东语录鼓励她。

曹雷说:"我不会自杀,就怕自己疯了。"此后,在长达六年的时间里,她和先生两地分居。也是在那六年时间里,她经历了两次失去孩子的痛苦。但她最担心父亲的事会泄密,忧虑父亲的安危,就独自一人悄悄到北京,直接向周恩来总理办公室反映情况。后来,有关方面通过当时的上海市革命委员会电话指示:不要因为曹雷父亲的事整她。从此,她不再是重点批斗对象。讽刺的是,从"革命对象"转为"革命群众"以后,因为她的声音既亮又好听,常常被指派在批斗"牛鬼蛇神"的会上,念大批判文章,喊口号。

曹雷从小就有演戏的天赋,三岁半就登台演出。上海戏剧学院表演系毕业后,当过话剧演员、电影演员、表演教师、场记、配音演员和译制片导演等。她把父亲写的"我要我哭人也哭,我笑人也笑"当作艺术之路的启蒙灯,在《金沙江畔》《年青的一代》等影片中的出色表演,使她成为当年路人皆知的明星。电影《春苗》选女主角赤脚医生,她本是第一人选。只是剧本根据时事需要改来改去,等到正式开拍,她已经35岁,最美好的青春岁月渐行渐远,她的形象已不符合"春苗"的要求了。但曹雷为了演好赤脚医生,有三年时间断断续续住在赤脚医生王桂珍家,背着药箱到农民家去,为农民打针、拔火罐、针灸,同时也学到了大量中草药知识,还会鉴别肿瘤的良恶性，她甚至靠这些知识救了自己的命。有一天，她发现自己身上有个肿块，意识到情况不妙，马上到医院检查，随后她决定手术。病房里，她忍痛给病友讲笑话。乐观，是她的生存之道。当年瑞金医院的老院长说："如果我们国家的妇女都能有你这样的意识，能自我检查，及时治疗，乳腺癌的死亡率能降低很多很多。"而曹雷的这些意识都来自赤脚医生的训练，直到现在，她家里常备针、针筒，家人的小毛小病，她手到病除。

古人云：福虽未至祸已远。也是因为这场病，曹雷从银幕上消失了，到上海电影译制片厂任配音演员兼导演，开启了她用声音创造角色的新旅程。在录音棚里，她忘记了时间和病痛。她配音的中外影片人物无数，跟她演戏一样，戏路非常宽，从淑女到女巫，从老太婆到小男孩，她在《非凡的爱玛》《爱德华大夫》《国家利益》《总统轶事》《最后一班地铁》《蒲田进行曲》《鹰冠庄园》等译制片中的配音形象，让一代人为之迷醉；她还担任《斯巴达克斯》《战争与和平》《看得见风景的房间》《柏林之恋》等译制片的导演，在那个封闭的年代给观众带来了美的享受。

译制配音成就了曹雷的第二次艺术生命。她把自己所有的情感都融进声音里，陪伴着观众，也陪伴着自己走过一个又一个春夏秋冬。

舞台上，曹雷每年都演出好几场话剧，在《孔繁森》中，她凭借饰演孔繁森妻子一角，荣获"白玉兰"戏剧艺术奖；直至今日，她仍活跃在台前幕后，用形象或声音塑造着各种不同的人物；她出席朗诵会及各类公益慈善活动，把自己的生活过得风生水起。

虽然从艺道路曲折，但她认为自己一生还是幸运的，"因为从事了自己喜爱的事业，为观众所喜爱，也了了一生的心愿"。

经历过风雨坎坷，名利于她，已是烟云。退休后，她和先生一起出国旅游，四十多个国家留下了他们的足迹、目光和感悟，而译制片，则是他们的导游图。他们跟随银幕上的角色，在不同的国家穿街走巷，感受不同文化，享受异域风情，品尝各式美味……

最近一次见曹雷，她头发已白，衣着还是朴素，肤色倒是更白净，声音也无一丝苍老，想来这源于内心的安宁、丰富和淡然。她坦言："一道道坎都过来了，会把生命看得透彻些，也更担得起些，生活本身就会教育自己改造自己。"

这让我想起曹雷曾经朗诵过的《欧根·奥涅金》中达吉雅娜的那段话：我宁可抛弃这假面舞会的破衣烂衫，去换取一柜书，或荒芜的田庄。

蔡玲：叶落归根是上海

火红的毛衣，火红的嘴唇，清脆的笑声，利落的话语，蔡玲让阿姨端上咖啡。

虽然外面下着雨，初冬的气温也降得快，但在她家偌大的客厅里，暖气足足的，壁炉上方的相框里，名流云集：张大千、白先勇、琼瑶……想象着音乐响起的时候，是可以做一场派对的。

蔡玲，英文名 Linda。12岁随父离开上海到台湾。渐长，又随父到日本。之后到美国读大学，然后一直在斯坦福大学胡佛研究所工作至退休。很长一段时间里，她是胡佛研究所唯一的中国女性，连美国前总统胡佛也赞叹她优质的工作态度，主动邀她合影留念。那段历史，是她生命中的华彩乐章，是她骄傲一生的资本。而她，也把自己点滴的生活体验，用"范思绮"的笔名，一笔一笔记录下来，见证着岁月情感的过往。

原本以为，蔡玲的生活顺利甜蜜。不料初次见面，她就把自己的心思和盘托出："我是华侨，我是中国人,我回上海已经快20年了,但上海人还是把我当华侨。在美国生活了大半辈子,人家还是把我当中国人。在别人的国家,我是外国人。有时候,真不知道自己是哪里人啦……"看得出,她非常非常需要别人认同。据说,在上海,像她这样双重身份的人有好多,他们大多自成一体,只在自己的圈内交往,并不能真正融入上海人的生活。心事毕露,话题沉重。我们也替她为难。

有过山车般的人生,在别人眼里是刺激;于自己而言,则甘苦自知。生活,就是在沉重和轻逸之间,轮转,流逝。

21岁,蔡玲进入胡佛图书馆工作,是当时唯一的中国女性。每天穿着在香港制作的旗袍朝九晚五,在外面套件短外套,这是她的工作服。跻身于人才济济的世界一流高等学府,她从此安心做一个胡佛塔里的女人,并和胡佛研究所结下半世情缘。

蔡玲是唯一一位与胡佛研究所的创始人H·胡佛老总统一起喝茶拍照的职员。那一年,胡佛总统已90岁了,他也是研究所的资深研究员,每个月来一两次,在13楼有专门办公室。他仍旧眼神锋利、谈吐幽默。"那天我戴了一副近视眼镜,穿着件中式旗袍坐在胡佛总统的旁边,等待《生活》杂志来替我们拍照,胡佛老总统大声对我说:Young Lady,你可以把眼镜拿下来,拍照会更好看一点。我就摘下眼镜,他又认真地看了我一眼说:非常好!我们拍照吧。在场记者及时给我们拍下了一张合影。不久，胡佛老总统访问由他创办的研究所的文章和照片，就在《生活》杂志上发表了，并且占了很大的篇幅。"

在斯坦福大学胡佛研究所的时候，蔡玲也常到中国大陆、中国台湾地区和日本参加一些相关会议。她来过上海三次，每次都受到时任海峡两岸关系协会会长汪道涵先生的接见。两次是在衡山宾馆，一次在上海社科院台湾研究中心。她记得有一次，汪道涵先生在衡山宾馆接见他们，并招待他们精致的午餐。"席间，大家都谈得很融洽，汪先生就叫来了一坛黄酒。我为了助兴，就很爽快地和他老人家喝了几杯，只见他满脸红光，神情很是愉快。后来他秘书上来悄悄说：汪夫人关照过，汪先生不好多喝酒。我们才停杯。他的睿智儒雅给我留下很深的印象。他对于当时政界和学界对中国的看法很愿意了解，尤其十分关注美方对两岸关系的认识和了解是怎样的。"几十年过去，蔡玲回忆起来还是眼睛亮亮的。

在胡佛图书馆部门工作多年后，20世纪80年代初，因先生获得一个去台湾主持在成功大学航天系的工作，蔡玲就辞职离开胡佛随夫搬去台湾。在台湾旅居了十年，其间还有幸被台湾地区行政管理机构文化建设委员会聘为顾问，为时三年后，又在美化环境基金会任执行长，为改善台北初期的环保做推广活动，如聘请专业人员设计垃圾分类桶，邀请名人在电视上做宣传，争取社会企业各方面的赞助等等，使垃圾分类的概念慢慢渗入到台湾人的日常生活中。

胡佛是蔡玲的一辈子。她一辈子赖在那儿，读书，写作，研究，还念出了东亚研究系及图书馆系的硕士。那里是她的精神家园，也是她的情感着落地。那段时间，为了排遣乡愁，她用"范思琦"的笔名写了不少小说，还出版了长篇小说《七个郑重》、短篇小说《葛莱湖》等。迁居上海后，三联出版社还出版了她的《古典式爱情》。

蔡玲取出《古典式爱情》，感慨道："这些都是过去的了。等到走不动了，我们该怎么办啊？到底哪里是我们的归宿呢？"她的心事又浮上心头。

现实的问题是，美国生活再舒适，几十年住下来仍旧时常有着归宿不知在哪的困惑。于是退休后，蔡玲和先生搬来了上海。"而在上海，陌生人见了我都会问我是从哪里来的。我就赶紧学讲上海话，上海话一出口，就都是自家人了。我终于找到我的归宿了。"

相约下次再见。

"下次，我们就去和平饭店喝下午茶，那里看得见外滩。"

是的，和平饭店。那里最能体现老上海的优雅精致。蔡玲原本少女时就生活在上海，辗转迁徙大半辈子，上海是她向往的归宿。上海，能留得住这些海外游子匆匆的脚步吗？

狄菲菲：声音也有秘密和味道

门口，是错落的鲜花，在冷冬里怒放。

推门而入，一眼瞥见正面墙上一只昂首小鸟，做引吭高歌状。右边墙上有"声音的秘密"，左边墙上则是"声音的味道"等字眼，让人好奇。

这是一间诞生声音的录音棚，主人是国家一级演员、著名配音演员、译制导演狄菲菲。

狄菲菲毕业于上海戏剧学院，MFA艺术硕士；国家一级演员；"Listen·领声"创始人；湖南卫视《声临其境》明星配音指导；上海迪士尼乐园声音导演；蔚来汽车NOMI车载人工智能系统声音指导；喜马拉雅《美的声音成长计划》主理人。她的声音留在了两代人的记忆中，温暖着彼此的光阴岁月。

1987年，狄菲菲被上海译制片厂一眼相中，从此永嘉路383号在她生命里烙下了抹不去的印痕，她也就此和上译厂、和声音结下不解之缘。

2014年，机缘巧合下，狄菲菲创立了"上海领声文化传媒有限公司"，"声音的秘密"和"声音的味道"就是"Listen·领声"的两大品牌,她兴致勃勃地开始实现自己深埋心底的理想:开展声音产业,让产品声音化。这是她首创的理念。

那只小鸟,就是"Listen·领声"的LOGO。"这是一只报春鸟,预示着春天里的第一声美妙啼叫",菲菲老师解释道,"领声,就是要探索声音在未来的所有可能性。"

菲菲老师泡咖啡的当口,我环顾四周,猜测着声音的秘密和味道的含义。看得出,这里是她的领地,有着浓郁的女性唯美雅致的风格。一整面墙的书架上,是文艺至极的《意大利童话》《草叶集》《分手在布达》《疯狂的奥兰多》《契诃夫戏剧全集》等。

"声音的秘密"通往录音棚,面积不大,建造标准却很高,菲菲老师是这里的女王。但女王也会为难自己。为了录制《城南旧事》,她特意穿上京式大褂,想寻找小说里的意境,感觉不对,就自我推翻。一次,二次,直到找准感觉一气呵成。那时的她,就像一个被表扬的小女生,更像是女王,因为主宰了命运。

"领声"创立之初,只有五个人,现在越来越多的年轻人加入进来。习惯了格子间工作场所的人,在这里肯定是全方位享受的。鲜花与绿植,咖啡与美酒,书籍与音乐,还有那种不受约束的自由氛围……她的"领声客厅",成为沪上文化界人士雅集所在。她定期举行"领声"下午茶,用声音招待各方来宾,为提供声音、需要声音的人士搭建平台。

菲菲老师说:"身边的朋友,有喜欢声音的,喜欢文学、喜欢艺术的,每次来到领声,都不愿意走,觉得有说不完的话题。"

但她不独美,她要让美的声音传播给更多的人,让更多的人接受美的熏陶,从而享受美带来的生活乐趣,提升生命的质量。

菲菲老师是声音爱好者的良师益友,她开设的线上、线下课程名声在外,她的愿望是:给有声音梦想的人希望!许多人被她的真挚感动,为了进学习班,甚至托人打招呼……她的"领声",也被认定为"长宁区终身教育学习点"。

为了推广声音艺术,菲菲老师和她的团队还把领声客厅搬进上海图书馆、上海大剧院、鲁迅纪念馆……2016年12月31日至2017年1月1日,她在美琪大戏院策划跨年演出"声音奇幻秀",一票难求。

2018年,菲菲老师又独辟蹊径,有滋有味地做了三件事:一门课、一台戏、一档综艺节目。一门课是她在喜马拉雅的线上课程《美的声音课》,一台戏是"领声"和上海话剧中心、捕鼠器工作室联合出品的《声临阿加莎》,一档综艺是"领声"参与策划和担任声音导演的湖南卫视《声临其境》第一季。

"今天我领声",则是菲菲老师的团队和浦东新区妇联合作打造的项目,致力于以声音为媒介,传承和弘扬中华优秀传统文化,培育家庭美德,促进家庭建设。项目将经典古诗词、文明礼仪、家教家训、儿童绘本等优秀文化作品,通过声音的表现形式予以推广,让普通人家在喜闻乐见中,感知传统文化的魅力。

"Listen·领声"已经成为声音产业中的领军企业。事业开花结果,但她明白:女人不能太要强。她说:"做艺术家就做纯粹的艺术家,我只想用声音服务社会。我聘请了运营总监,现在'领声'的有声读物已经有几千万字了……"她小口抿着咖啡,看得出,她很享受当下。

"领声"云集了全国的好声音。著名电视评论家曹景行说:"'领声'有着老上译深深的烙印,声音是灵魂,但今天声音已跨界,'领声'成为多媒体融合的声音内容创作基地,格局日新。"

声音是有味道的。菲菲老师说:"你可以从一个人的声音里看见他的世界,声音和眼睛一样,直抵心灵。每一个人的声音都有他独一无二的特质。"

此时,我从她轻轻淡淡的声音里,感受到了她低调的欢喜。声音就是她的世界。在声音里,她张开想象的翅膀,自由欢快地驰骋。

戴维：奉献，是最幸福的时刻

近20年前，当我从党史资料上读到朱枫（朱谌之）烈士的文章，再看到她身穿旗袍被五花大绑押赴刑场却依然镇定从容的照片，心里钦佩万分。朱枫烈士出身富家，后嫁给时为奉天兵工厂大技师（总工程师）陈绶卿，一向锦衣玉食，却在学生时代就同情革命支持革命最终走向革命。大陆解放前夕，接受党的指示，经华东局派往台湾执行秘密任务，以富家太太身份获取许多重要情报，后因叛徒出卖遭台湾当局逮捕，于1950年牺牲在台湾。

当年，我曾写过《朱谌之：牺牲在台湾的中共地下党员》一文，后来也有同行向我打听过朱枫烈士的后裔，但因无头绪也就作罢。谁料想在2016年快要过去时，在朋友的介绍下，我竟意外见到了朱枫烈士的后裔——戴维女士。

在约定的时间，我见到了戴维，她正静立在帷幔前向我招手。乍见之下，我惊讶于她的美丽容貌和曼妙身材，更惊讶于她活泼而不失优雅的气度。戴维撩起帷幔，引我转至室内，顿觉清雅之气扑面而来，轻柔的梵音温暖着寒风里进入的过客；长条桌上，是戴维临摹手书的《心经》。我不由望向窗外，哦，一切喧嚣劳烦已不复存在。

岳阳路上的教育会堂，是我们当年跳交谊舞的场所，戴维在此主持着各项文化交流活动。我去时，恰逢"灵鸽馨元画展"开幕不久，大大小小的画作，经戴维布置，给人以无限美感和浓浓的禅意。

戴维是名副其实的美人，也是个善人。戴维的美，有目共睹。有一年，南京军区前线话剧团面向全国招聘，她是唯一被录取的，可见她的艺术潜质和出众的外表。

因为家人的传统和保守，不希望如花似玉的女儿抛头露面，善解人意的戴维脱下军装离开舞台，转业回上海，进入上海电视台做起了幕后工作。她好学敏行，是上海早期考出房地产经纪执照的人；她组建设计事务所，做国际贸易生意；她的公司里，培养出了一批批掌握技艺走上社会的年轻人……事业风生水起的同时，艺术的梦想让她渴望舞台和荧屏的多姿多彩，为此她以制片人身份制作并主演过20集电视剧……

戴维时尚靓丽，却是位古道热肠之人。这一点，和她的太外婆朱枫有着极深的渊源。朱枫当年无偿捐资五百大洋给新四军第一家随军书店新知书店，为购买纸张印刷，又变卖了三克拉钻戒；看到周围有人陷入困境，总是伸出援手；解放初，她临危受命潜入台湾，最后，在宝岛台湾为国捐躯。戴维身上流淌着红色基因，她说："最大的心愿就是帮助他人。"

多年来，戴维一直在悄悄资助藏族儿童，帮了多少孩子她自己都不清楚，还是问了青海玉树地区的朋友，才知道有六十多个。"每个孩子的照片我都看过，情况也都了解，我愿意雪中送炭，让这些孩子感受人间温暖。"她还募资为玉树地区建造了一所阳光佛学院。开学那天，所有喇嘛和孩子手捧哈达聚集在校门口，要一睹大善人真容，可戴维却委托朋友前往，自己不愿领受他人的厚爱。她说："我的使命就是帮助他人，我要把开心和阳光带给大家！"

心中有充盈的爱，就会忘却小我。戴维投身到文化慈善的行列，她觉得，文化的提升，比物质的丰富，更会让人心安。近年来，她和上海市慈善基金会、宋庆龄基金会合作，并得到市委宣传部、市妇联、市侨联、文广局等单位支持，策划了著名画家、导演颜正安的慈善拍卖画展，所得善款全部捐给特困孩子和汶川地震受害妇女儿童。

在纪念《在延安文艺座谈会上的讲话》发表55周年时，戴维组织协调资金举办了"上海中国书画艺术发展战略研讨会"；2015年，她又积极配合上海市侨联基金会主办的"中国上海国际青少年校园足球邀请赛"，负责把泰国学生球队引进来……这样的慈善活动，戴维长袖善舞，乐此不疲。

戴维热心公益，积极参与到上海民族民俗民间文化创意推广活动中，被大家亲切地称为"秘书长"，"三民中心"在陈彪主任带领下，成功举办了15次民俗博览会，在这过程中，戴维曼妙的身影总是出现在众人的眼前。

在社交舞台上，身着旗袍礼服的戴维是当然的女主角；在家里，挽起袖子，褪下戒指，她是孝女慈母。在外忙碌一天回到家，她就兴高采烈陪伴着年事已高的老母享受天伦。亲朋好友看到她在家掌勺洗衣拖地，都笑称她是"美女牌全自动家用洗衣机"。

戴维的笑声特别感染人，我看到她眼睛里闪亮的光，感受到了她纤柔的身躯里满满的能量。"别忘了每天做5分钟瑜伽，这会让你保持美好的体态和精神状态，"她一边叮嘱，一边当场就做了起来。

临走，戴维在赠我的《朱枫传》扉页提笔恭书：深切怀念我的太外婆朱枫烈士。我懂得，有着红色基因的戴维，即使前辈遭受过苦难乃至为了信仰舍弃生命，然于她，奉献就是最幸福的时刻。

丹嬢：把日子过成诗

　　一个女人的家，要做到清洁整齐很容易；要把家常日子过成诗，大概先要做半辈子梦的。

　　丹嬢的家，就是她的梦巢。这里有她的生活、事业、过去和未来，有着一个女人浓浓的上海味道。

　　客厅里坐定，眼里是错落的鲜花绿植，各式精巧小器具都是女人的心水，里面却养着胡萝卜、菜心等家常物。丹嬢说："这些东西都不贵的，就是平日里身边看得到的。"转身，又拿出一叠薄荷绿的浅口盘，说，"等天热了，养些荷花，送朋友真好。"

　　丹嬢受家庭影响，从小随申石伽习字画画。读中学时，就爬在脚手架上，一笔一笔在墙上画毛泽东的像。国门打开后，去日本专修摄影，是全日本写真联盟会员，学成归来成了上海电视台的首席摄影师，上海女摄影家协会副主席。在事业上升期，她听从内心的召唤，放弃了体制给她带来的种种束缚和种种便利，而是选择一种舒适的生活方式，更是选择回归宁静的本源之路。

作为一名专业摄影师，丹孃举办过三次个人摄影展。2009年7月在新天地的摄影展，使人们通过丹孃的镜头领略到上海这座时尚之都独特的美和历史感。

丹孃是一个会经营的女人，经营到把家当成摄影室，把摄影室当成家。她认为生活和工作没有明显分界线。她的梦想，就是把工作和生活融为一体，尽情享受自由掌控的愉悦。

丹孃的家里，每一处，都是景。为了拍摄方便，所有的家具都是可移动的；客厅中央，是一道窗帘，拉开，迎面就是一整面墙的明星照。这里是一个微型专业摄影室，摄影器具一应俱全，墙顶隐藏着各种背景纸。天气好时，自然光早早晚晚变化着，给她的人像摄影带来意想不到的效果。从摄影室，可以走到外面的庭院，这里有着更丰富的摄影元素：草坪、花棚、石凳、秋千、鸟笼、小木屋、葡萄架……有一年，丹孃甚至种了上百棵向日葵！到过的人无不惊叹于丹孃的创意。卫生间，被她改造成化妆间，张国荣、巩俐、董卿、周迅……都曾在这里梳妆，她为他们拍下了传世之照；餐厅，也被她打造成一个别致的展示区，明星们姿态各异的照片，让人目不暇接。

丹孃的这个小小家庭摄影工作室，在口耳相传中名声日隆，有网站甚至主动问她要不要做广告。她拒绝了，她想轻松地做自己。

一次，学者于丹来上海做节目，她抱怨电视台把她一张不满意的照片放太大，于是工作人员便向她推荐了丹孃。于丹当天就抱着新买的一堆衣服到了丹孃家。丹孃认为，女人在外不管多要强，应该总是希望表现出自己女性化的一面，她观察着，言谈间摄下了于丹特别女性化的一面，令于丹欣喜不已，忍不住说："这个地方真好，有多少人羡慕这样的生活，却很难做到，丹孃你做到了。"丹孃的镜头里，还留下过谭盾、羽西、六小龄童等大师名流。

对生活常怀美好浪漫的感觉和期许，平常日子，就过成了诗。不工作时，这里就是一个舒服居家的地方。丹孃的卧室墙头，是她亲手画的淡雅的画。宽大的飘窗，被她处理成一个日式的坐榻，累了，在上面坐坐，看书，发呆，聊天……摄影既是工作也是生活的一部分，她享受着在家工作的分分秒秒。

丹孃家里随处张挂的照片，初看以为是油画，其实，这是首创的"影画"。

午休时分，现在我多了一份选择放松的途径，看看丹孃赠我的明信片，读读她的心得：一花一世界，一木一菩提。好心情才会有好风景，好眼光才会有好发现。请放慢脚步，让灵魂赶紧跟上来。

丹孃觉得文化是需要"养"的。为了有更多时间丰富自己的内涵，提升自己的品味格局，她减少了"来钱快"的摄影，闭门专心读书。此时，摄影室又成她的画室，早上起来，一张宇，一幅画，成了她每日的功课。迎着阳光，收放自如，感觉到一股正气上升。

丹孃曾经是时尚先锋，而今，她是位特别重情义又恋旧的上海老派女人。她一张一张翻检家族老照片，一步一步重走留在记忆深处的老宅故居。她为家族做纪念，也在为上海这个城市留下稍纵即逝的珍贵影像，写作出版了《城市的岁月》《岁月留影——我家的老照片》《在旅途中找回自己》。

一个在世俗世界里已无年龄优势的女人，拍照、写作、画画、旅行、做讲座、开设公众号，如今又玩起了自媒体，名字就叫"上海辰光"。创新，是艺术家的本能，丹孃常常为自己的灵感而兴奋。清晨的阳光召唤着她，最近，她又灵感顿生，花了三天时间，完成了独具特色的玻璃画抽像作品。最后时刻，为了让司空见惯的绿色更加生机盎然，让温柔的黄色更加明亮透彻，她大胆用笔把红色颜料潇洒地甩到画上，然后仰望太阳微笑……

想做什么，只需从心出发。如此任性的女人，必定是内心淡定丰厚的。丹孃让我感受到了有滋有味的含义。

丹孃是典型的上海女人，说着一口糯糯的上海话，特别在意周围的环境是否契合自己的心意，与人相处是否惬意，若不对，情愿独处，回到书里画里，和相机做伴，和文字对视。

范本良：成人之美的公益红娘

纺织女工、政校教师、医院财务……范本良做过许多工作，现在，她是远近闻名的公益红娘，而且一做就做了35年，退休后更是一门心思为青年男女牵线搭桥。

走进位于上海市浦东新区洋泾街道的"范本良公益红娘工作室"，只见小小工作室里，锦旗、奖杯、照片摆放得井井有条。仔细看，发现文件柜上整整齐齐堆放着107本登记册，里面详细记录着每个相亲者的情况。

说起第一次做红娘，范老师似乎有点得意。那是1984年，还是政校老师的她，偶然为一位毕业的学生牵线做媒，没想到两人一见钟情，顺利结婚了。第一次就成功了，她自己也觉得惊讶。看到两位新人步入婚姻殿堂时，她心中的喜悦和成就感油然而生。

其实刚开始做红娘时，她常常觉得不好意思，经常躲在学校后门人少的角落，直至有相亲者提出要"光明正大"，她才带领他们来到操场上、马路边。

"一开始都是悄悄做的，怕人家说我管闲事，怕难为情……"已过花甲之年的范阿姨回忆起当年，露出一副俏皮相。

后来一边工作一边做红娘，成功率颇高，名声渐渐传了出去，她做红娘也好像上了瘾。虽然没有任何"好处"，还要自掏腰包，但她乐此不疲，心甘情愿。

2007年，她所在居委会成立红娘工作室，邀她做专职红娘，从此"公益红娘"范本良被人们记住了。22岁就入党的她，暗暗下定决心，一定要沿着公益红娘的道路走下去，帮助年轻人找到人生的另一半，让他们安居乐业，让社会更和谐。

为了帮助更多单身青年找到适合的伴侣，她将相亲活动延伸到社区、园区、校区甚至部队，分别与上海海事大学、中兴通讯、张江高科技园区、红星美凯龙等举办多场交友活动。在与"南京路上好八连"合作举办的一场相亲活动中，现场就有14对年轻人牵手成功。

各类媒体报道，使范阿姨红娘的名气越来越大，很多人慕名而来找她帮忙介绍对象，甚至有外籍青年也来寻求帮助；她来者不拒，但要按规定要求来者一项一项地填写资料。"每个青年的信息，我都详细登记在册。"范阿姨认真地说。来相亲者，需要很多资料，手续繁琐。"精挑细选"是范阿姨成功做红娘的条件之一。小周就是在范阿姨的牵线下建立了幸福的小家庭，他说：范阿姨的活动比起其他相亲活动来说，要求的资料多、手续多，而这样的"精挑细选"让我们碰到"另一半"的几率大大增加了。

每个月的最后一个星期六下午是"相约范阿姨"公益交友活动，每次都有150名左右男女青年参加，有关部门给予"范阿姨公益红娘工作室"有力支持，人数最多的一次交友活动，参与者超过千人。

2008年8月9号，北京奥运会开幕的第二天，范阿姨组织了一场大型交友会。为了准备这场交友会，她每天早上仔细研看相亲者的资料，花了十来天的工夫，了然于胸，然后根据经验在现场为他们一一配对，直接一对一定向交流，会后还不断完善他们的资料。很多小青年的家长看出她是真心的，后来跟着她一起做公益红娘志愿者……这次交友会后，范阿姨从"单打独斗"到有了50余名成员的"志愿者团队"。她们和范阿姨一样，分文不取，只为公益而聚到一起。截至目前，工作室累计为16000多名单身青年牵线，其中4000多名青年男女走进了婚姻的殿堂。

我注意到，范阿姨的两个大拇指有点僵硬，询问之下，原来，她每天为了给年轻人牵线搭桥要发许多短信，特别是在搞交友活动前夕，一天甚至要发上千条。家里信号不好，只能常常手伸到窗外发，天热被蚊虫咬，天冷被寒风吹得发僵，腱鞘炎发作。为了大型公益活动，几次累得住院，亏得先生鞍前马后照顾她。

　　说起35年坚持做公益红娘，不计报酬，无惧谣言，范阿姨连连夸赞自己先生。她先生原是上海海事大学的高级知识分子，在单位当领导，在家里却是她的保姆，一日三餐精心搭配，还要自掏腰包帮范阿姨支付大额手机费、车费甚至场地费。"没有他，我可能坚持不下来"，范阿姨指着墙上柜里的各类奖状证书说。我发现不仅她本人是上海市优秀共产党员、上海市杰出志愿者、全国优秀志愿者，"相约范阿姨"党支部被浦东新区评为2017—2018年"品牌党支部"，"范本良公益红娘工作室"还被评为上海市"4A级社会组织"。

　　范本良是范仲淹第47代后裔，骨子里流淌着"先天下之忧而忧，后天下之乐而乐"的情怀。让有情人牵手，最终走进婚姻殿堂，是公益红娘范阿姨的最终目标，在她的帮助下，越来越多青年男女建立了幸福的小家庭。

　　年轻人对她的感谢，是她坚持做公益红娘的最大动力。她指给我看墙上的爱心照片，这一对，那一对，故事几天几夜都说不完……

　　"成人之美是件特别幸福的事情，为社会做点事情是我的信仰。每次在交友现场，面对着一张张洋溢着幸福微笑的面孔，我就不觉得累了。"

　　她的工作室目前报名相亲人数已有15万，能不累吗？我想。

何肇娅：发现最好的自己

何肇娅说自己长相身材没有优势的时候，不见一丝自卑，优雅地坐在那里，倒有一股难得的大女人尽在掌握的气势。一头几十年不变的爆炸式发型，是她的标志。问起缘何对此情有独钟，她坦然相告：二十多年前第一次接受采访时，觉得自己身材长相不占优势，如何给人留下深刻的印象？聪明如她就在发型上动脑筋。

发现最好的自己，这是何肇娅的存世之道。她毕业于上海戏剧学院，对舞台美术、日常造型颇有见地。于是找到理发师，谈了自己的想法。做好，理发师吓一跳，对她说：这是你自己要求做的，不是我给你做的！但她很满意，因为独特。从此蓬蓬头成了她行走江湖的招牌，让人过目难忘。

大学毕业，她被分配到一家区文化宫。像大多数体制内可以想见的情形一样，安稳无趣，周边人和颜悦色地勾心斗角。一晃人到中年，她的焦虑感越来越强，有一阵，甚至每天都要测血压量体温，一不舒服就跑医院。极度的脆弱、不安全感吞噬着她。冥冥中,她想要做一件事,帮自己解决心理问题。她明白,对抗衰老的办法就是做一件让自己投入而有意义的事。她本是摄影师,拍过山水风景,但她不想再重复。张爱玲、王安忆的小说给了她灵感;发黄的老上海月份牌让她沉迷;贾科梅蒂的雕塑展让她心灵为之一振。作为上海女人,她想要拍出上海女人的特质:精致、淡定、聪慧。

她居住的租界弄堂里,原本都是有钱人家解放前用金条顶下来的。解放后几经运动,许多人家妻离子散,但是坚守着家庭的女人们,照样淡定地认真活着,出门买菜都收拾得山清水绿;稍有转机,便尽情享受美好生活。整日目睹并行走于此,她决定用相机来记录保存那一份上海的味道和温度。

她用五年时间酝酿。她为自己定了目标,且很高。她要让人在几千个摄影师中,一眼就看出这是何肇娅的作品。

她对一位相熟的少年宫老师说:"你们那有漂亮女人吗?"那老师说:"你来看,看中谁我帮你去说。"她就悄悄去看,看中了一位娴静的年轻女老师。女老师答应了她的拍摄要求。于是,在单位旁的绿树栏杆下,她举起了相机。当时,她只有六张胶卷,"咔嚓"声中,她知道自己成功了。照片出来,那份淡淡的喜悦和宁静,完全表达出了一个文艺女青年的身份和气质。那是她第一次将相机对准上海女性。从此，她一发不可收。她用黑白胶卷拍普通女人，成功了，因为她的摄影作品独一无二。

之后她和上海市妇联合作，半年内拍了75位各行各业的精英女性，和著名海派女作家程乃珊合作出版了《上海女子》。

十年前，她又灵感顿生，也可以说艺术厚积薄发。摄影之外，她进入首饰制作行业。她很清醒：做首饰，自己不是专业出身，更没有在国际上得过奖，要想超越自己，很难。但她很清楚自己的目标。她所有的首饰设计灵感都来自大自然：花瓣、沙、树枝……首饰，成了她与肌肤相亲的最私密伴侣。更重要的，是她揉进了自己对生活的美好想象：热烈浓郁，奢华张扬，内敛含蓄……每一款，都是一种心情，都浓缩了她做女人的甜酸苦辣。她的私人定制，独具特色，已成为沪上魅力女性首选。

多年手作，被她称为"黄金时期"。在这过程中，她发现了最美好的自己，也被誉为"艺术生活家，脖颈装置艺术家"。

何肇娅已经不惧年老色衰。在一次好友举办的"香氛品鉴"主题活动中，她身着红色皮夹克，米色灯心绒中裤，短靴，配上一头浓烈的短发，寒风中，就像一头小鹿活泼泼地撞进人们的视线。

何肇娅的先生是爱玛仕中国唯一指定的摄影师，射手座帅男，上海音乐学院和上海大学美术学院客座教授。问她是否有情感危机，她巧妙地说："男人喜欢有情趣的女人，女人一定要保持自己的独特性，自己不差，何必担心？"她给结婚前的自己打 58 分，结婚后打 68 分，现在则为自己打 88 分。问为何，"因为对自己越来越满意了呀……"

风趣的女人讨人喜欢。一次，她去音像店修碟片。店员检查后说："没坏啊，大概是你车上的音箱坏了。"她说："我的车没有音箱的。"店员奇怪，说："你什么车，怎会没音箱啊？"她扭头朝门外的自行车一指："诺，那就是我的车……"店里所有的人都被她的风趣引得哈哈大笑。

是啊，有这样的智慧和勇气，怕什么年老色衰。躲在小楼里做做首饰，外出拍拍照片，她，活得滋润有加。

愿美女们佩戴上自己设计制作的首饰，走入清风徐徐的浓荫里……何肇娅喜欢看到这一幕，于是，每天不是提着相机出去拍摄，就是坐在偌大的书桌前，精心制作别具一格的"何氏"首饰，窗外树上的鸟鸣，为她带来无限灵感。

侯又郡:唯愿和茶痴缠一生

世间诱惑万千,有这样一位女子,却不喜旁骛,唯愿和茶痴缠一生。

初见侯又郡,就喜欢上她不经意流露出的一团和气,圆圆的眼睛透着笑意,恬淡、安然。她出身于上海一个部队大院,16岁随父南迁到一个小城,后考入当地电视台,成了小城家喻户晓的第一主播。到了情愫萌动的年纪,为了爱,她义无反顾地离开如鱼得水的主播岗位,回到上海,做了一名朝九晚五的都市白领。

部队大院的粗放直率,并不影响传统文化在她心底的初萌。不知何时起,她爱上了喝茶;机缘巧合中,她遇到了茶。就此,和茶结缘。

喜茶爱茶,本是个人的一种雅趣,她却想着,如何把这份心情做成事业。能够按照内心的想法去做,去尝试一切的不可能,成了她对自己的挑战。经过一番筹备,侯又郡成了泰和茶馆女掌门。当年,那是上海滩较早出现的新颖上档次的休闲场所。

侯又郡脱下职业装，换上了唐装汉服，声音越加地柔和，姿态更加地谦恭，以此向茶致敬。

每年春秋两季，她都要去访茶探茶，看茶农摘茶炒茶制茶。为了了解"大洱朵"的茶品茶性，她三进版纳，一次次深入勐海、临沧、易武，只为带回最好的茶给懂茶的人。

为了采集和保护野生茶，她和同道们爬雪山探密林，东到新昌、西至蒙顶、南下磨鰲、北上日照，挖掘保护那些不被看好，但却是大自然真正赐予人类的有机茶。她将它们带出深山野谷，带进都市茶馆。渐渐地，她的茶在茶客中有了好的口碑，茶客也是近悦远来。上海世博会期间，泰和茶馆作为浦东新区指定的世博游客接待平台，侯又郡以茶为媒，大展身手，向来自世界各地的爱茶人介绍茶叶的种类、产地、冲泡方法，还推出了一款款珍稀别致的茶品，让人在茶香中享受体味中国传统文化的精致。

并非所有的路，都是充满阳光和鲜花的坦途。创业者所面临的坎坷，她一样样尝遍，却从没想过要放弃。最艰辛的时候，她几天几夜不寐不休。她把自己的身心，都留在了茶馆里，留在了自己营造的梦境里；在氤氲的茶香里，她似乎想好了要独醉一生。

守得云开见日出。这位现代版阿庆嫂，经过砥砺创新，在业界连连斩誉：浦东新区优秀企业家，浦东"十佳巾帼桃花奖"，"杰出企业家"，"创业明星"，全国茶馆十佳经理人。社会职务也随之而来：

浦东新区企业家联合会理事,"上海市茶馆专业委员会"副主任,中国茶馆专业委员会副秘书长……荣誉接连而来,带动事业蒸蒸日上,但她为人依然低调,只愿称自己是"茶人"。

爱茶、敬茶、挖掘珍稀茶品,引领更多爱茶人走入茶世界——是侯又郡对自己的要求和理想。她要改变人们对茶馆粗浅的印象,把茶馆打造成一个交友交流交心的平台,在这里,可以放松地品茶、品艺、品人生。在她的经营下,茶馆的文化品位日益提升,秦怡、陈冲、马未都等文化界名人都来此聚会品茗;这里不仅是茶馆,也是收藏家的乐园。"日本·静冈绿茶交流活动""可以喝的古董——普洱茶收藏展示""上下五千年古珠宝展"等等活动,吸引了海内外茶人、收藏家及高端商务人士的关注和喜爱。近几年来,泰和茶馆多次被选为上海国际茶文化节分会场,她把传播茶文化当作义不容辞的职责。

或许因了茶的清爽,她的人品也恰似茶汤般清醇透明。成功的人,大多都善于感恩,但真正的慈悲厚道,要看她对于弱者的态度。她从不轻慢那些从小城乡镇来的应聘者,一旦有缘留下,她就如家人般真心相待,无论生活上和精神上。她手把手带领他们学习茶道,带领他们踏访茶乡,为他们提升职业空间创造良好的条件。几度春秋过去,甚至有年轻人在此喜结良缘,大有献了青春献子孙的气概。人心总是相通的,这些年轻人报答她的办法,就是更加努力地工作,把茶馆当成自己的家。尽管他们文化程度不高,有的甚至初中都没毕业,但在泰和倡导的企业文化里,他们也都拿起笔写出了自己的感受,字里行间流露出的情感,都是他们内心最真实的表述和对掌门人侯又郡的充分依赖及信任。

坐在布置雅致的茶馆,看她穿着飘逸的长衫莲步轻移,不由得想起唐代大诗人元稹的茶诗:

茶。
香叶,嫩芽。
慕诗客,爱僧家。
碾雕白玉,罗织红纱。
铫煎黄蕊色,碗转曲尘花。
夜后邀陪明月,晨前独对朝霞。
洗尽古今人不倦,将至醉乱岂堪夸。

以最安静的姿态,接受命运的挑战和恩宠。为了和茶多亲近,春节里,她又开了一家新的茶馆,布置更雅,带点禅意。当别人家都在为员工回家团聚发愁时,她则为留下工作的员工准备了丰盛的年夜饭,和他们一起为新年干杯。

一旦得空,侯又郡总在研制新的茶品,她的目光,温柔地投向每一片茶叶,充满喜悦。她很自信:在我这里,你一定喝得到好茶。

蒋韵：老洋房里的英伦梦

那天风特别大。在一大片完整保留的西班牙式老洋房中，我推开了那间挂着小小 open 牌子的木门。扑面而来的，是轻奢的英伦风和与春风一样强劲的青春气息。蒋韵，这位留着长发，闪着灵动眼神的年轻海归，开口就说起了和小伙伴的创业故事。

从英国留学回来后，蒋韵和好朋友卢璐都找到了一份体面而轻松的工作。但是，朝九晚五的工作时间，完全不能满足她们活跃的心。半年后，两人辞掉了令人羡慕的工作。她们眷念英国，又留恋上海，当她们漫步于原英法租界那不宽的马路，常常被路边林荫覆盖的老洋房吸引，那份宁静那份慵懒和英国十分相似。她们忘不了在约克郡一家百年老店喝下午茶的快乐时光：大理石的桌面、银质的茶具、带草坪的院子……

对，咖啡和下午茶，那是所有女性的心水；英式下午茶，则是英国海归的梦想。蒋韵决定和小伙伴一起，找一个带花园的院子，铺上草坪，在春天里开一家纯正的英式下午茶店,在优雅精致中完成自己的梦想,同时为中英文化交流做点小小的尝试和奉献。

激情和创新,让蒋韵和小伙伴的脚步停不下来,她们游走在上海的大街小巷,寻找着可以盛放理想的场所。又过了半年后,当蒋韵在俗称"外国人弄堂"的徐汇区太原小区看到现在这所房子时,一下子喜欢上了。这里原是中国第一位女教授陈衡哲的故居,有一个大大的院子,葱郁的树木,闹中取静,是一座有深厚历史文化底蕴的房子。蒋韵觉得自己的梦有了寄托的载体。

这一年,蒋韵参加了"创业梦之星"并且进入前八强,有关方面给予创业者许多政策上的扶持。一切开始步入正轨,在创业路上,她总觉得一直有人扶着自己,推着自己。怀着一颗感恩的心,她给自己定下了敢闯不怕输的人生信条。

蒋韵开始了造梦圆梦计划。有点破败的老洋房,被尽可能地恢复到原有的大气格局。收拾好后,她考虑了所有的细节,努力营造一个优雅的环境。她定制了桌子和沙发;请在英国的摄影师朋友专门拍摄充满异国风情的照片做点缀;大面积的窗帘和椅套,刻意选用了英国皇家常用的宝蓝色;茶漏是英国带回来的;每壶茶盖上都有精致的茶品名;别致的茶垫、花园里的邮筒、一方小小池塘里游动的鱼儿……

创业初成的蒋韵,已经可以自豪而淡然地对我说:"这两年是我们迅速成长的两年。最大的感悟就是自己不做，没有人替你做。许多年轻朋友在我们身上看到了创业成功的希望，我们也愿意把自己的经验和大家分享。现在我们是小区里的新生力量，随时可以帮大家的忙……"

蒋韵和小伙伴们很任性，她们任性到坚持只做下午茶，每天下午1点开门，傍晚六七点就结束营业了。蒋韵说："只想把下午茶做好，再去做其他。"看着她年轻的脸庞，我想起法国当代诗人保尔·艾吕雅的诗句："我活在世上是为了认识你，为了叫你的名字：自由。"

旧时才女林徽因的"太太客厅"，不说出入皆鸿儒，但至少个个学识过人，是人杰精英。为了和年轻朋友们分享有关在英国的信息，也为了帮助将要去英国留学的年轻人，蒋韵利用空闲时间，在老洋房举办各种沙龙活动。试想，用不了多久，上海滩将多一位有学养、有魅力、有感召力的沙龙女主人。

蒋韵和小伙伴在充满机遇和艰辛的魔都，找到了实现自己人生梦想的平台，同时也为人们营造了一个具有独特情怀的休闲场所。许多人跨进门，总是被各处精心布置所折服。当得知掌控着这优雅场所的是年轻海归，总不免猜测蒋韵是否有"富二代、官二代、红二代"这样的背景。

蒋韵和小伙伴创业成功，她也成为市委统战部欧美同学会会员、徐汇区天平街道新侨驿站秘书长。现在的她已经不用每天在店里看着，她有一个让她放心的团队,她们就像闺蜜一般,因为她们有共同的梦想,都在奋斗着成长着。

但是,所有的来去都是有缘由的。蒋韵又开始了奔波,"主要都在跑来跑去……"看似轻松的后面,是执着与坚持。

洁蕙：愿所有人都能享受法律服务

匆匆而来，急急而去。利落的短发，灵动的双眸，大号的公文包以及泛滥的爱心，这是洁蕙给我留下的最初印象。

洁蕙原名陈洁，《东方大律师》节目主持人，毕业于上海公安专科学校刑事侦察专业。在最青春的年岁，她是飒爽英姿的警花，工作一年，她就成了预审科破案率最高的民警，还曾是上海市52公斤散打亚军。

人生的机遇是很难预测的。从警期间，她被借调到当时的南汇区文化局。恰逢著名导演谢晋筹办影视学校，因她的青春和文艺气质，谢导主动邀她加盟，于是她脱下警服成了校长秘书。如今红透半片天的演员赵薇和陈思诚，当年都是她的学生。那时，她整天和学生们吃住在一起，自己也出演过电视剧。

她天生一副好嗓子，进入东方广播电台后，从小爱做文学梦的她，为自己起了"洁蕙"的别名，意喻冰清玉洁蕙质兰心。有如此高洁气质的女子，注定卓尔不群。

二十多年的主持生涯中,她主持过法律、科技、谈话、娱乐等众多节目,本可以轻松地以美女主播积攒人气,而她却情有独钟法律服务类节目《东方大律师》。曾经轰动一时的22集电视剧《东方大律师》原型,就是洁蕙和她主持的《东方大律师》广播节目。

随着接触的深入,我被她数十年用真诚和专业,坚持为弱势群体无偿法律援助的行为深深打动。从美女主播到专家型主播,她在青春的长河里,潜心钻研法律,积攒了帮助人的正能量,成为老百姓心目中实实在在的"好人"。

洁蕙是上海市法律援助中心的志愿者,也是上海市法治研究会副会长,上海市法学会民法研究会理事。2011年起,她担任央视《法律讲堂》主讲嘉宾。在主持节目过程中,她常常被那些底层人士无助无奈的话语和眼神触动,她想帮助他们,愿所有人都能享受法律服务。

2013年,她个人出资10万元,成立了"洁蕙法律援助专项基金",由上海市慈善基金会和东广爱基金联合主办。这是全国首个由主持人个人捐款成立的法律援助基金,专门帮助社会弱势群体维权。

"洁蕙法律援助专项基金"接到的首个求助电话,是一位陷于绝望中的女工打来的。这位外地女工刚应聘到酒店做清洁工,不料工作中被同事误伤,失明了。绝望之中,"基金"为女工聘请了律师,各种交涉后,酒店只愿支付8万赔偿金。此时,女工因急需钱做眼部手术,无奈地对律师说:算了吧。但洁蕙和律师不放弃,一次次跑酒店,历时多月,终于为女工争取到15万多元的赔偿金。女工感动泣泪,主动拿出3万元,说:"如果没有洁蕙,俺根本不可能拿到钱。我们是弱者,洁蕙帮助的就是我们这些弱者,洁蕙是个好人……"

洁蕙没有收,但很欣慰,她看到了爱心传递产生的蝴蝶效应。

口口相传中,许多平头百姓慕名找到"洁蕙法律援助专项基金",寻求法律帮助。多年来,洁蕙一直活跃在法律援助第一线。在长年的司法实践中,她更加明确了自己的方向:为未成年人维权。

小亮亮被房东故意烫伤,洁蕙第一时间了解情况后,立马捐出一个月的工资,同时"洁蕙法律援助专项基金"特批3万元,用于小亮亮的治疗。在洁蕙和"基金"律师努力下,绝望中的小亮亮一家感受到了人间温暖!

15岁的弱智少女被邻居性侵,"洁蕙法律援助专项基金"马上联系相关律师,抽丝剥茧,终于使"老邻居"露出狐狸尾巴……

"洁蕙法律援助专项基金"设立至今,已援助了3245人,结案27件,共收到捐款323143元。

洁蕙是个做事全情投入的人,有名的"工作

狂"。节假日,她不是在普法现场,就是在去维权的路上。

"有什么爱好吗?"我忍不住问。"爱好么,就是工作,此外,就是救助流浪猫狗。曾经为给一只流浪猫治病,花了近一万元,可惜还是没救活……"她有点忧伤,我则端起咖啡,猛喝一口压压惊,"为了一只猫?""是啊",她坐直了身子,认真地说:"猫狗不光有生命,也是有感情的。只要听说哪里有流浪猫狗,我都会赶去,能救一只是一只。但是我个人的力量毕竟有限,我希望有更多的志愿者参与进来……"她发起了"维护高架交通安全,拯救高架小动物行动"。曾经,为了一只猫咪的去处,她不慎骨折,但是一听到有流浪猫狗的信息,她便什么都顾不上了。至今,她和她的团队,已经救助由高架交警和养护工人救下的400多只小动物。

我想调节下气氛,又问:"去旅行吗?""也去,但大多是被动的。"看着她若有所思的样子,不由得想到两个字:清欢。

事业,给洁蕙带来成就感和满足感。人到中年,她通过了难度系数极大的全国司法考试,还隔洋跨海去加拿大进修慈善法。如今,她是一名出色的律师,"第一年十个案子全部胜诉",她笑得很轻松,这是她的幸福指数。

在法律援助的过程中,洁蕙积累了数以百计的案例,出版了《婚恋奇案》《市井法案》《蕙说慧道——

洁蕙与您知性聊法》等通俗易懂的书；为了让法律更贴近百姓，她又运用新媒体，推出令人耳目一新的《洁蕙说法》，一人饰演多角，妙趣横生。

顺便打个小广告，"洁蕙法律援助专项基金"热线：34010983。

景绚：沪上金融金领

有的人，一见之下，便生好感。景绚，除了美女、学霸、金领的标签，更关键的，是她的修养，一颦一笑，让人如沐春风。

在浦东陆家嘴林立的高楼中，我见到了传说中的美女、学霸、金领和资深风投专家景绚。她穿着正红色连衣裙，外套黑色小西装，微卷的长发拂过脸庞，典型的职场丽人，妩媚中不失干练，时尚中流露着受过良好教育熏陶出的古典气韵。

景，是古代楚国贵族的姓。景绚无疑是贵族之后。景父本是南方人，响应党的号召支边黑龙江22年，是我国改革开放后最早的注册会计师之一，后与身为老师的妻子一起，作为特殊人才被引进南通。景绚出生在北国黑龙江，随父母回到南通读中学。中学时得过"全国中学生作文比赛"金奖。学习，对景绚来说是一种习惯，是一种生活态度。

景绚1989年考进复旦大学国际金融系。"人家都说我是学霸"，她有点不以为然，于她而言似乎是理所当然。但读书学习确实改变了她的人生方向，至少让她愉悦、充实，更有一份在江湖闯荡的底气。

大学毕业时，景绚作为优秀毕业生，留在上海进入中国银行工作。五年时间里，眼看着陆家嘴初具规模，东方明珠拔地而起，她也在写字楼里有令人羡慕的体面工作。但是，那颗年轻的心有点不安分，尽管眼前的一切在别人眼里是那么的美好。她认为学无止境，最终还是决定远赴他乡，去英国伯明翰大学读工商管理硕士，主攻银行和金融管理。

学成回国后，在上海热火朝天的浦东开发建设浪潮中，景绚觉得赶上了好时机，意气风发地创立了自己的互联网公司。"当时太年轻了，以为整个世界都是我的，却没有想到资金不到位……"父母是传统知识分子，经历过颠簸的岁月，希望爱女有个稳定的人生。景绚本是孝女，思来想去，于是加入荷兰银行当一名职业经理人。"还是回到了老本行"，她浅浅笑着，似乎已经认同了命运的安排。可彼时，谁能说服她驿动的心呢？荷兰银行当年在上海是排名前三的外资银行，在那里，景绚的专业才华得到老外的大加赞赏，不久她被派到荷兰总行。

景绚在荷兰工作了十年，成家立业，完成了从青涩追梦女子到成熟事业女性的转型。2009年，荷兰合作银行找她，希望她能回到中国帮助他们开拓市场。既做自己的本行又能回到家人身边，景绚欣然答应。先生欧门斯也是同道中人，愿意随爱妻到上海定居。

正应了那句话:一切都是最好的安排。荷兰合作银行上海总行目前有70多名员工,是景绚一手创建的团队。如今的景绚,一身兼三职:荷兰合作银行上海分行副行长、中国区首席风投官和中国区副总裁。事业风声水起,她也得到上下一致的认可。一次,单位里同时有几个人向她请假,说要参加一个会议。起初她觉得甚奇怪,后来得知他们都是共产党员,要去参加一个党员会议。他们对她说:"老板您虽然不是党员,但胜似党员,我们想介绍你入党。"景绚笑而不语,内心却像小女孩似的因为得到赞赏而偷着乐。

工作是景绚的一个标志,但她从来不以女强人自居,其实她最愿意做的是陪伴家人。这位"穿普拉达的女魔头"还写得一手好文章。当年在荷兰,她经常写些散文随笔在外媒发表。国内媒体通过博客联系到她,向她约稿。她觉得通过自己的文字,可以让家人朋友知道自己的感想,了解她在异国他乡生活的状态,分享生活的快乐。

在朋友圈,景绚还是有名的厨师,她觉得做饭是一项创造性的劳动,也是个分享的过程。 2014年起,她被母校复旦大学研究生院聘为校外指导老师,负责指导金融专业硕士学位学生。"尽管工作很忙,但我很愿意和年轻人一起,分享学习的经验和快乐,帮助他们在未来职业道路上快速成长"。

和景绚交谈,平缓的语速里经常听她说到"分享"，说时，眉眼里是饱满的幸福。

曾经有过一个调查：什么样的女人最美？排行靠前的是：恋爱中的女人最美；工作中的女人最美；自信的女人最美。景绚几乎占了美丽女人的全部要素。这样的女子，谁肯错过？

看书，旅游，结交志同道合的朋友；对初心的坚持，对本真的怀念；保持一颗文青的心，喜欢分享。人到中年的景绚活得有滋有味，支撑她游走世界的，是深厚的传统文化和良好的教养。

山水间有她的寄托，职场上有她的风月；可以在酒吧狂欢，也可居家静静地看书。从繁忙的职场退身回家，景绚回归到文青的状态，手头正在读的，是《中国哲学史》和老爸花了六年时间完成的《半生烟云》。

安好，是她给自己的礼物，也是她给家人朋友的许诺。

李黎明：编织时尚之都的文化名片

李黎明不善言辞。但说起编织，她双眼放光。她是上海市非物质文化遗产海派绒线编织传承人，上海市工艺美术大师，被誉为中国的"编织皇后"。

李黎明走上编织设计之路，完全缘于爱美之心和对命运的不服。她从小成长于和谐艺术的环境中，母亲弹得一手好钢琴，外公会拉小提琴；婚后，丈夫又是专业小提琴手，家里来往的都是文人墨客。然在扭曲的年代，所有这些，都是被批判的理由。她虽天姿聪颖，却一直为家庭成分所累，抑郁不得志。

20世纪80年代，李黎明偶然参加了首届编织大赛，意外获奖，让她和编织结缘，从此一发不可收。她帮编织前辈冯秋萍女士编书，这过程使她获益匪浅，也为她的编织事业打下深厚的基础。

她创立了以自己名字命名的"李黎明"品牌，坚持全手工编织，将时尚和传统完美结合。中文系毕业的她是个有想法的人，加上工匠精神，作品一经推出马上得到市场的认可。她设计的泳装、沙滩服、旗袍、晚礼服……吸引了海内外无数爱美人士的目光，也成为上海对外文化交流的一个亮点。

她对设计充满了情感，每一次设计，于她而言就像经历一场热恋。设计让她着迷，半夜起身，也会凝视着衣架模特身上的衣服，换着角度看一眼再看一眼。

除了编织设计，她觉得自己很低能，自我感觉好像还没有长大。面对设计和编织，她倾情投入；除此，她幼稚得可笑。亲朋都知道，她是个对钱没有概念的人，她常常教育营业员"不好有功利心的"。每次到店里，她不是问营业额多少，而是给营业员细说每一件作品的特点；她甚至把织女请到家里，给她们讲自己的设计思路，她顽固地认为：只有懂我，才能把衣服做好。她害怕陷入杂事堆，很长时间拒绝手机，就怕思路被打断。"我需要脑子放空，我觉得这是作为艺术家必须具备的元素。"难怪她的设计里透着灵动的底色。

就是这样不懂生意经的李黎明，却把事业越做越大。

1999年她应邀赴香港演出，有台湾同行轻慢地说："你们不能把我的线弄坏，这些比你们一个月的工资还贵。"李黎明心里别扭，但又不长争辩，心想等一会T台上见分晓。演出获得巨大成功，法新社、美联社的记者围了上来，她脑子里一片空白，恍惚中只说出了一句："我希望今天是在巴黎的舞台上。"

巴黎，是她心灵深处的梦乡。

也许是天注定，多年后女儿怡珺帮她把梦想变成了现实。

2006年，李黎明带着作品参加法国戛纳电影节主会场演出。法国的风物人情，让她感觉特别舒服温暖。普通人家窗边随风而动的手工蕾丝、阳台上的鲜花、小巷拐角的路灯，让她灵感迸发。那次是中国时装设计师首次在戛纳举行个人作品发布会，同台展示的都是世界大牌，她以独特的设计斩誉而归。

李黎明孜孜以求原创设计，不断推陈出新，她的心愿是让更多人了解中国传统手工编织的魅力和文化内涵。她经常受邀在欧美、日本、中国香港、埃及、加拿大等国家和地区做专场时装秀，境外媒体称其作品是"中国传统艺术在国际时尚领域的成功实践"。

怡珺见证了妈妈从白手起家到走向辉煌。在法国留学时，老师让同学们介绍自己家族的创业背景。作为班里唯一的华人，她介绍了母亲的原创高级手编时装设计品牌"李黎明"是如何起步发展的，配上电脑里一幅幅唯美的作品，让老师和同学惊讶不已，纷纷为中国传统编织技艺倾倒。

2010年，李黎明的作品"繁华似锦"在世博演艺大厅展出。当时怡珺是法国阿尔萨斯馆的馆长助理，看到外国友人对"繁华似锦"秀如痴如醉，她终于认识到"李黎明"品牌的价值，母女俩就此走上同一条路，共同将中国传统手工编织技艺推向国际舞台。

怡珺曾管理着五家"李黎明"专卖店，现在，她帮助母亲把"李黎明"品牌打向法国，在巴黎开设了首家华人品牌专卖店。最近，她又在和法国联系举办"李黎明"品牌编织时装发布会……

"李黎明"成了魔都的一张文化名片，被上海市政府选为礼物；作家淳子穿着"李黎明"手工编织衫走上哈佛的讲台；她的许多海外拥趸，只要一到上海，就要寻觅"李黎明"……"李黎明"成了精致时尚品位的代名词！

做自己喜欢的事，让李黎明心存感恩。更欣慰的是，女儿成了继承推动"李黎明"品牌的得力助手。"能安安静静地设计，就够了！"李黎明眼睛一弯，笑意顿时弥漫开来……

最近，台湾辅仁大学中华服饰文化中心收藏了李黎明的一件作品，还给她颁发了证书。上海东华大学正在组建的纺织品创新设计团队，也聘她为校外指导专家。"太忙了，还好女儿在身边，让我安心了许多……"李黎明疲惫的笑容里，有着些许欣慰。怡珺在旁，默默地望着妈妈，马上要回巴黎了，那里的专卖店离不开她。母女俩为了同一份事业，彼此依赖，彼此扶持。

吕雅芬：如果能许一个愿望

初见吕雅芬，是几年前在一次海派文化研讨会上，文静、淡然。有人介绍说：这是小邓丽君。

再见吕雅芬，她清丽依旧，谈吐率真，明亮的眼睛里常会划过一道天真的笑意。这是我欣赏的。

吕雅芬，是她身份证上的名字，再亲切朴实不过；小邓丽君——则是她在歌迷心目中的昵称。

她父母都是上海人，尽管家境颇好，当年还是一腔热血去建设边疆。在新疆阿克苏的一个小县城，父母都是兵团著名的文艺积极分子，父亲更是能唱善舞，手风琴、胡琴一拉，知青们马上围拢过来，且唱且舞，所有的辛苦都化为歌声笑声；在那个年代，父亲甚至无师自通，国标跳得人人羡慕。父亲还长得帅，深邃的眼睛挺拔的鼻梁，一头乌黑的天然卷，人称"古巴"。"古巴"还会自制音响、刻录磁带，多少支边青年，在"古巴"的影响下，度过了一个又一个思乡之夜。

吕雅芬完美继承了父亲的艺术基因，模仿能力极强的她被称为"小古巴"。

父亲是她最好的启蒙老师。有一天，当邓丽君的名字漂洋过海穿越时空到达边陲小镇，当她从父亲一遍一遍播放的磁带里听到那个柔绵优美的歌声，那一刻，她似乎觉得自己和邓丽君有着前世的缘分，她陶醉在邓丽君的歌声里。长大后，生活的清贫她忘记了，却清楚记得，自己像模像样的模仿，常常赢得父亲慈爱的目光和周围人的一片叫好声。在小学，老师说："小雅芬，唱首歌吧！"她立马就《甜蜜蜜》《冬天里的一把火》《夜上海》唱了起来……伴随着肢体语言，真是学谁像谁！

后来，父母调到安徽宁国的小三线企业。在那里，吕雅芬受到了严格系统的戏曲训练。黄梅戏、沪剧、越剧，都成了她的拿手戏。但她的心也变大了，她要出去见世面开眼界。她来到上海外婆家，去上海音乐学院进修，遇到恩师黄葆蕙，从此她在音乐的海洋里如鱼得水。她唱邓丽君的歌，每每如痴如醉。

她娴静的气质和大大的眼睛，让我忍不住说："你长得很邓丽君哎。"她说："这是平常打扮。每次穿着旗袍，化着邓式妆，踩着音乐的舞步一上台，我的心里就只有邓小姐了！"此刻，我觉得她娇柔的身躯里隐隐爆发出一股力量，眼里则是一片虔诚。

2005年，她父亲去世十周年，也是邓丽君香逝十周年。为了纪念，为了致敬，她决定为生命中两个最重要的人做点什么。父亲那么喜欢音乐，偶像始终在心里，她想开一场演唱会，一了心中夙愿。

梦想变为现实的那一刻是如此美妙。2009年，经精心筹划，吕雅芬在兰心大戏院首开个人演唱会，她在舞台上惟妙惟肖演唱着《甜蜜蜜》《我怎能离开你》《小城故事》……一曲又一曲，引起观众共鸣，更引来业内人士的关注。此后，她以"小邓丽君"之美誉，在海内外成功举办了数百场演唱会。

近年来，她多次受邀到美国、加拿大等国巡演，好评如潮，洛杉矶市长颁予她"中美文化交流使者"奖状；两度受邀去澳大利亚开演唱会，被授予"澳中文化交流使者"称号；受到温哥华代市长亲切接见。

邓丽君是她的精神伴侣，心灵偶像。2015年5月，她专程到台湾祭拜邓丽君。她说："邓丽君是一本厚重的书，真正懂她的人，恐怕只有她的家人……"

也是2015年，酷暑，她受邀在广东佛山明珠体育馆成功献演《谢谢你常记得我》邓丽君经典金曲演唱会，形神皆备的演绎，深深打动每一位现场听众。之后，又马不停蹄在上海东方艺术中心，为观众奉上《再现十亿个掌声》演唱会。演唱会上，当年邓丽君《十亿个掌声》主持人田文仲先生，亲临现场为她做主持，并评价道："你的台风、举止，很像邓小姐，淡定，亲切……"

2016年，她又受邀在北美连开八场演唱会，其间，还去养老院义演，望着那些在异乡的黄面孔，她特意选唱一些20世纪30年代周璇、白光等明星的老歌，以慰藉海外游子的思乡情。

为了心中的邓小姐，为了传递美妙的歌声给更多喜爱音乐的人，她一直在舞台上倾情奉献。金秋十月，她在上海商城剧院的《月亮代表我的心》演唱会，座无虚席。

私下里的她，居家写书，画画，创作，偶尔陪母亲旅行。那本精美的《海上花开》，记录了自己的心路历程。参与公益，传播海派文化，也是她生活的一部分。每年，她都要去为孤老们表演。每当她唱起《玫瑰玫瑰我爱你》《夜来香》等老歌，浓浓的海派风情让上了年纪的人们情不自禁闻声起舞。2016年，她受邀参加"中国魅力十佳旗袍人"赛，成为金奖得主；曾受邀参加2017中国旗袍春晚；曾是苏州领先香江城旗袍公司公益形象大使、新疆乌鲁木齐名媛旗袍形象代言人。

这样的人生可谓丰富精彩。我说："如果能许一个愿望……"话未了，她说："愿时光慢一点，活得简单点。"

马晓晖：拉出曼妙人生

有些事情，是天注定。有些相遇，就是缘分。

马晓晖出生在唐山一个知识分子家庭，父母都是大学教授，能歌善舞。晓晖6岁时，随父母学校南迁到四川，她的性格里也就有了川妹子的倔。当年，家里三面墙上，分别悬挂着"少壮不努力，老大徒伤悲""钢铁是怎样炼成的""滴水穿石"的匾。家里还有三样乐器：小提琴、手风琴和二胡。晓晖最终选择了二胡，就此在父亲指导下开始学习。6岁半，登台表演，拉的第一首曲子是《我爱北京天安门》。

晓晖说："从懂事起，我就在想一个问题，长大后要过怎样的人生？"

11岁时，晓晖站在父母房门口，严肃地说："我要做一名最好的二胡演奏家！要考就考到北京和上海去！"都说父母是世界上最伟大的人。此后大半年，每隔三星期，他们就带着晓晖坐四个小时的车，从峨眉山下赶到成都，拜在四川音乐学院民乐系舒昭教授门下。

1978年，13岁的晓晖考上了上海音乐学院附中。当年上海音乐学院附中校长何占豪到车站亲自去接她，路过一个剧院时，晓晖在心里暗暗许愿：我一定要站在上海最好最大的舞台上拉二胡！

经过五年专业的熏陶，晓晖以第一名的成绩考进上海音乐学院民乐系。在上音，有着蒙古族血统的晓晖是令人瞩目的"校花"。许多人好奇，这么美丽的女孩，为什么不去当演员？为什么不去弹钢琴？拉二胡能有什么出息？晓晖的倔劲又上来了：一定要改变这些人的偏见！我要让二胡的琴声因为我变得更加温暖、高贵、浪漫和灿烂！

毕业后，晓晖进入上海民族乐团，几年历练，从一般演奏员成长为首席演奏员。她的琴声感动了无数听众。李安拍《藏龙卧虎》时，谭盾在为影片配制音乐，他首先想到了晓晖的二胡。同样作为一名音乐人，他懂得晓晖是把自己的情感和二胡结合得最好的。果然，影片音乐获得当年"奥斯卡原创音乐奖"。

晓晖看上去是那样的娇媚婉约，甚至有点柔弱，但是她的心却很大。她四处推广二胡，把自己喻为"吉普赛女郎"。从2003年起，她就首创和发起"二胡与世界对话——传奇二胡"全球个人巡回音乐会。十多年来，晓晖提着二胡，走遍欧美亚非的几十个国家和地区，举办了千余场独奏音乐会，并到多所学校讲学。

晓晖说:"音乐能够超越语言。"一次,在美国密歇根一个音乐会上,一个原本很傲慢的俄国音乐家听到她的琴声后,赞誉她为"东方的圣女"。2008年11月,晓晖受邀在美国联合国大礼堂为几百位政界人士演奏。演奏开始前,晓晖问:"谁知道二胡?"没有人响应。可当晓晖演奏完毕,听众全体起立,不断鼓掌要求加演,许多人当场就成了二胡发烧友。

也是在美国,在一个艺术节上,马晓晖为孩子们做了一场普及演奏。起初担心孩子们坐不住静不下来,但当她拉着《空山鸟语》时,小孩子们都围绕着她轻轻舞蹈,窗外的鸟儿也应声飞了进来,这样的场面让她激动不已。

好评不断袭来:二胡演奏家马晓晖,她就好似一缕晨曦,为二胡打开了一片新天地,让这个只有两根弦的民族乐器,发出了让人震撼和不可思议的音响,把二胡丰富的表现力、抒情性、感染力和多变的美妙音色表达得淋漓尽致。这把小小的二胡,在马晓晖的手里可真是千变万化,从她的琴声里,你可以闻到花的清香,你可以听到心灵的倾诉,你可以感受到万马奔腾的壮观场面……

晓晖是中国民乐积极的推广者和学者,在中外几十所高等学校担任访问学者、客座教授。同时,她也没有忘记那些平民子弟。当她听说残疾女孩乔美丽想学二胡,毫不犹豫就为她当起了老师。在晓晖用心教授下，乔美丽在世界特殊奥运会闭幕式上，演奏了一曲《音乐之声》，被许多人赞为奇迹。

晓晖把二胡拉到一个新的高度，二胡也把晓晖的人生带入一个崭新的天地。她的琴声感动了无数人，但有时，从辉煌的舞台回到冷清的酒店，她就像小女孩一样渴望一个温暖的笑容。有一天，一个人对她说："你的二胡能把世界上最寒冷的心灵融化。"晓晖被感动了，这位美国著名心理医生成了她的丈夫。之后，热心于公益事业的晓晖夫妇，共同发起了"美丽音乐之旅"，目前已在国内外举办近百场讲座。许多听众纷纷表示："这样的讲座，既普及了美妙的音乐，又讲解心理健康知识，两者合而为一，让我们受益多多。"

因为二胡，晓晖生命的长度和宽度得以延展。二胡，拉出了晓晖曼妙的人生。但坐在她自己设计的客厅里，我并没有看到一丝张狂和傲慢，反倒从她有点急速的语气中，听出满满的感恩：生命中的点点滴滴，最后都成了我送给爱音乐人的祝福。

孟昭艳：遇到沉香，世界就此安静

她静静地坐着，淡然寡言。在周遭活泼泼的气氛中，我记住了浅笑轻语的她：孟昭艳。

孟昭艳也曾经意气风发。她大学学的是机械专业，毕业后，做了五年老师。想着要有个更广阔的舞台，她跳槽进入外企，成了标准的魔都白领：一身西装，空中常客，好比职场上穿了红魔鞋的舞者，十多年间，她不停地跳着，释放着自己。累了，倦了，从不言声，只为做个最好的自己。直至遇到沉香，仿佛和前世的一个约定，有了兑现的良机，从此静下心来，人生也不再游移。

学香，寻香，理香，品香，制香……跟着师傅她从头学起，好在她对香味有一种天然的感悟。不久，便渐入佳境。每一次闻香，于她就好像去见一位有修为有内涵的人，她每天在香氛氤氲中，不断精学，丰满着自己。

人说见多识广，她则是闻多识广。"现在只要有一个打火机，就能判断沉香的真假、产地、品质"，孟昭艳白净的脸上泛起自信的光泽，边说边在香炉上轻轻放进各种香片，动作轻柔，神态庄严，"从沉香中可以闻到世界上最好闻的味道，森林的，海洋的，泥土的，还有正能量的味道。"

说起沉香，她一改往日的少言寡语，竟然滔滔不绝起来。她说，沉香是天地之合香，每一块的味道都不同，每每闻香，眼前总会出现生动的画面：有的香，让人好像回到了童年，回到妈妈身边，穿着白裙，光着脚，在草地上奔跑；有的香，则如戈壁滩上温暖干燥的沙子，一脚踩下去，满满的阳光和力量；有的香，仿佛一只凤凰展翅飞过……沉香就像一个精灵，特意去找，找不到，不经意中又来到身边。

作为上海沉香文化研究会基金管委会秘书长、上海复旦大学华商研究中心沉香文化研究会首席香学导师、天华沉香香学导师，孟昭艳对沉香的体会是一般人不可企及的。

沉香本是文人墨客的专属，也是"万香之首"，世界上五大宗教都视其为最顶级的供奉之香。她说，我们今天闻香，都是在闻上百年空气的结晶。沉香品质高洁，愿燃一身忧伤，予人一片安宁，沉香是物质过渡到精神方面的最好的物品。

华东师范大学有位教授听了她讲的课，不无惋惜地对她说：筹备了三年想开设香文化课，可是没有找到合适的讲课老师，后来退休了，只能放弃了，因为会讲的人不懂香，懂香的人不会讲。

沉香是有历史、有生命的。浸淫于沉香世界的孟昭艳，主动当起了香文化的传播使者，她要让沉香生活化。

一次，大楼里隔壁公司的总经理助理小姐来到天华沉香，想了解沉香的日常用途。总助小姐虽然看上去趾高气扬，但肤色灰暗，眼圈发黑，一看就知道内心有过多的焦虑。孟昭艳就问，是不是晚上睡不好、压力很大？总助小姐一愣。她说，既然你知道沉香，就应该对沉香有更多的了解，静下心来，摒弃杂念，闻沉香的时候会让你有一种幸福感，慢慢就能找回自己。她根据对方的年龄、经历和经济条件，推荐了一款沉香。总助小姐将信将疑地捧着走了。一星期后，她在电梯里见到了容光焕发的总助小姐，彼此笑逐颜开，心照不宣。

沉香是不分性别的，它会使女士更优雅，男士更绅士。也有听过她课的男生成了她的粉丝。隔三差五来到天华沉香，或求解压，或欲学习香文化知识，而她总能让人有所收获。她觉得，这是传播香文化的机会。

孟昭艳的理想并不是简单地让人识香、闻香，在感受沉香的美妙、提高生活品质之余，她更多地是想把古老的沉香文化发扬光大。她每天都很忙，香室、课堂之余，殚精竭虑想为沉香申遗做点实实在在的努力。

孟昭艳从小养成每天独处的习惯，现在能和沉香为伴,那美妙的感觉常常令她欣喜若狂。偶尔在外遇到不顺利的事,回到办公室,制一炉香,世界就此安静;双休日,她有时也会一个人到办公室,辨香品香,也算是休息。那时候,她觉得整个人都被祥和笼罩。

欧昆华：做你身边的天使

女人的包包里，总有些秘密：记录年华的笔记本、钱夹里的老相片、情人精选的口红，或是一枚早已不肯再戴的戒指……

欧昆华的小包里，有一样东西，几十年来，除了沐浴睡觉，都没离开过她身边。她出门有时忘记拿钱包，有时忘记拿钥匙，但那一包银针，她是无论如何都不会忘记带的。从18岁进部队学针灸起，那细细的银针就成了她的灵魂伴侣。

说起来，她也是中医世家出身，当年老家四进书房里，装满了线装书，可惜大多都被日本人烧毁了。兵荒马乱之际，年轻的父亲被拉了壮丁。因为有文化，20岁，已是上校军官。也正因这段历史，后来被打成反动军官走资派，关牛棚，下放到车间做翻纱工，大字报从一楼一直贴到三楼……往事不堪回首。欧家子女个个都是读书的料，却无奈只能去农场。欧昆华身体不好，却因祸得福留在了上海。在那动乱的年代，父亲对她的期望是学医或者做财务，对一个女孩子来说，一技傍身总能心安些。

父亲身上浓厚的传统文化底蕴和军人英武的气质，使她对部队有着一种天然的好感。1968年她进了上海警备区司令部，作为工农兵学员被推荐去学针灸，她跟着老军医，前后学了五年，练就了一手好把式，受到部队官兵一致好评。

当年卫生条件有限，肝炎成了流行病。有时肝炎、疟疾爆发，最多时她一天要为三百多个病人扎针，腰累得直不起来，脸上的笑意却是一丝不肯褪去，甚至有人争着要"让迭额好看的小姑娘来打"！

早年，家附近粮店一位职工的儿子，是位空军，不幸瘫痪，部队让他回家休养。他们家人四处求医无门，抱着死马当活马医的心态，请她针灸试试。她查阅医书药典，在自己身上找穴位试针，一次两次，半年一年，这位空军战友被她奇迹般地治愈了。从此，她名声大噪，许多人慕名而来，她成了人们心目中真正的天使！

有一次，她和女儿在马路上走，突然被一位老年妇女拉住，激动地对她说："您还记得我吗？还记得我吗？我现在孙女都上大学了！您是我的恩人呀！"原来，这位老妇当年婚后多年不孕，从外地找到上海，寻到欧昆华。自己还是黄花大姑娘的欧昆华，精心为她治疗，终于让她怀上了孩子。由于通讯不方便，时间一长，慢慢地彼此就淡忘了。其实，用几根细细的银针治好了多少病人，她自己也不清楚。

一次和朋友出门旅游,忽闻山上传来阵阵惊呼:"出人命了!救命啊!"出于本能,已经下山的她返身就往山上跑,只见半山腰悬崖边躺着一位老者,已口不能言,双目紧闭,处于昏迷状态。见状,她立马从小包里取出银针,找准穴位,一针下去,慢慢地老者手脚有了动静,眼睛也睁开了,周围人都欢呼起来。此时,她才发现自己半跪在地的一只脚,有一半伸到了悬崖外,一下子,自己倒吓得站不起来了。

认识欧昆华,也是偶然。一次参加海派文化读书会,换好旗袍擦身而过时,她叫住了我,和蔼地对我说:"我看看你的耳朵好吗?"我甚奇怪:为啥呢?后来,她说的话让我明白,我又遇到贵人了!熟了,她说:"我就喜欢看人家的耳朵。"原来,这就是失传已久的耳针。"文革"后,这一历史悠久的传统医技没有得到很好地恢复。现在,一些民营医疗机构和美容会所出高价邀她去坐堂,她都拒绝了。她还拒绝过国外一些金融财团的邀请,她说她放不下身边需要她的人。

她无权无势,至今仍住在杨浦区的老公房里,楼里老老少少,无论早晚,只要来敲她的门,她都有求必应。她是个心直口快的人,看耳朵成了她的习惯。有时候看了人家耳朵,就让人家去医院查查。有位邻居,就是因为她的一句话,捡回了一条命。这位看似身强力壮的邻居出于对她的信任,去医院检查,但医生说没问题。几天后他突感胸闷难耐,家人连忙叫救护车。医生对他说:"你的血管已堵塞95%,幸亏来得及时,不然后果很难想象……"

和朋友去听音乐会,她又有意无意地看起了人家的耳朵,她看出了朋友亲戚的病状。她悄悄叮嘱朋友说:"立刻带你亲戚到医院去做个肺部CT!"朋友心领神会,带亲戚去医院一查,果然是癌症晚期。

从"漂亮的小姑娘"到现在被人亲切地唤作"欧妈妈",半个多世纪过去,她小包里的银针始终没缺过。一些医生朋友,有时劳累至极,抽空也会请她扎几针。年轻白领多亚健康,现在,有许多人跟着她认真学习经络养生。

职场中人,超脱者不多。偶尔望着镜中略显憔悴的脸,忍不住也想请她为自己打几针美容针。

欧楠：梦想如霓虹般灿烂

欧楠的名字，喜欢听电台广播的人都非常熟悉。欧楠，是她的播名。经过几十年的历练，欧楠和她的声音已经成为人们的一种集体记忆，她的本名——马红雯，倒是被人们淡忘了。

欧楠是北京人，从小在部队大院长大。1979年高中毕业后，她考进北京广播学院（现中国传媒大学），和"国脸"罗京、李瑞英等是同班同学，毕业后被分配到上海人民广播电台。起初，欧楠觉得自己只是从一个大院搬到了另一个大院。单位给她分了一间位于大楼顶层的宿舍，里面有五六个上下铺，欧楠在里面住了十多年。这里成了她一个人的家。欧楠本是科班出身，入台两个星期后开始了"早新闻"节目的播报生涯，每天早上5点就已经坐到了话筒前。人生最美好的一段时间，欧楠不能像其他豆蔻年华的姑娘一样窝在床上，想象那些轻松甜蜜的浪漫时刻，她成了电台有名的"半夜鸡叫"。

宿舍窗口望出去，就是黄浦江，就是外滩。楼下马路上,是警察的岗亭和公交车站。只会说普通话的欧楠,每天听到岗亭里的警察用上海话不停地喊:"王道西,王道西(上海话,意思是提醒行人过马路走横道线)。"终于有一天,欧楠忍不住向同伴打听:"王道西(横道线)是谁?"这笑话传到今天,欧楠自己说起,还是忍不住笑个不停。

欧楠的性格中,有着不服输的军人的倔强基因。既然选择了,就要做好,她给自己起了个响亮的播名:欧楠。除了早新闻,电台几乎所有的节目她都播过:文学、体育、财经、音乐、戏曲等等。当年股票行情是要把每一只股票的价格都报出去的,别人吃午饭时间,她趴在台子上按着板尺一行一行地念……

播音工作,并不如人们想象的那么简单,那么轻松,那么风光。欧楠坚持着,相信有花开的一刻。

1991年,欧楠当了播音科副科长,一条铺满鲜花的红毯,等待着她轻盈的脚步。她原本可以轻轻松松地走下去,但年轻的欧楠时常想着,要看看外面的世界到底有多大。

1992年,上海筹备成立东方广播电台时,推出全新机制:员工进出可双向选择。欧楠心动了,想去试试。她离不开话筒,只是换了一种方式。 1992年10月28日早上6点整,她主持的《东方新闻》开始了令人耳目一新的直播。这就是轰动一时的,全国首创直播栏目《东方大哥大》,后来改名《东方传呼》。作为《东方传呼》的首任主持人,欧楠首创将热线电话引入早新闻直播，在全国引起轰动。当时电信局曾做过一次统计，一分钟内打给《东方传呼》的电话有500多个。

话筒前的欧楠是自信的。1983年走进直播间，1985年她就得了全国优秀广播节目二等奖。当年风靡一时的靳羽西英文版节目《看东方》也是她配的音。20世纪80年代中期，她全程陪同"美国之音"播音员来华进行业务交流。

1994年12月14日，欧楠对那一天记忆犹新，那是她结婚搬入新居的日子。说起那一天，虽时隔二十多年，她的脸上依然露出恋爱中的女人特有的幸福模样。也是从那天起，欧楠搬出住了十多年的上海人民广播电台集体宿舍，开始了全新的上海女人的生活，北方女性的率真和上海女性的精致在她身上得以完美结合。现在再问她喜欢北京还是上海，习惯北方生活还是南方生活？她毫不掩饰地说："喜欢上海，不习惯北方的生活了。"但她不会忘记北京的四合院，从她口中说出的部队大院，极富画面感：走一圈要两个小时，有五个大食堂，有定时定点班车站，可以降落直升机的操场，甚至有火车……那里，有她的至亲，是她的根。

"金话筒"奖得主欧楠在上海开枝散叶，上海成就了她的事业和生活，她也给上海留下了整整一代人的声音记忆。

后来，欧楠随上海市政协委员参观曾经住了十多年的北京东路2号。从当年的宿舍窗口望出去，是上海滩独一无二的浦江景色。站在窗口，她仿佛又回到了三十多年前刚到上海时的青春岁月。

裘索:"早稻田"毕业的女"先生"

举世闻名的上海世博会上,一位娴静女子的插花表演令人难忘;再之前,米兰世博会上,这位女子身着旗袍款款走来展示书法,大气时尚又不失优雅,向世界展示了上海女性的审美品位。她,就是上海著名律政佳人——裘索。

对于律师,和大多数人一样,觉得自己良民一个,此生大概和律师无缘的。在陆家嘴花旗大厦见到上海锦天城律师事务所的高级合伙人裘索时,她没有穿笔挺古板的职业装,而是在深色连衣裙外套件白色蕾丝长袖衫,脚踏黑色高跟凉鞋,干练而不失温婉,低调中透着职业丽人功成名就后的恬淡。

见了裘索才知道,律师分诉讼律师和非诉讼律师。裘索就是非诉讼律师,主要从事外商投资、企业兼并和收购及融资、外资企业知识产权保护等的法律服务,还担任着数十家世界一流企业的法律顾问。

裘索头上有诸多光环:全国优秀律师,上海市三八红旗手标兵等等。她也是改革开放恢复律师制度以来上海律师行业中第一位获得"全国三八红旗手"殊荣的律师,还获《亚洲法律杂志》(ALB)"2015年中国最佳女律师"称号。

但是她没有多谈自己的成功,只是反复强调,她的当选,提升了律师行业地位,律师行业被更多人关注,对于她自己来说,则是幸运和感恩。

裘索是"60后",出生于上海,自幼便随祖父母生活。她说,是祖父母给了她生命善良的底色,给了她那个特殊的"文革"年代长大的孩子一般不具有的教养和学养。大学毕业后在司法局有着体面稳定而清闲的工作。她是时代的幸运儿。那时,日本电影《追捕》《排球女将》《远山的呼唤》《望乡》进入内地,远山青黛,佳人硬汉,在文化沙漠中饥渴已久的人们,立即被那富有个性的人物形象、曲折动人的故事情节深深吸引。裘索也不例外,她仰慕高仓健式的男性,她想去找个高仓健式的白马王子;她更想去看看曾让孙中山、鲁迅、郭沫若、郁达夫等留下足迹的国度,看看东瀛人民真实的生活状态。她开始着手编织梦想。1990年,赴日手续一切就绪,她仿佛已在樱花树下仰望蓝天。

可是道别了亲朋好友后临行前的一场车祸,几近改变她的人生轨迹。好在她是个智慧女子,冥冥之中,她觉得人生必须在此有个暂停,韬光养晦后再扬帆前行。两年中,卧躺在病榻上的她博览群书,也思考了许多:有关先进发达国家的民主法律制度,渐渐地,她对一个国家的综合软实力有了清晰的认识。1992年康复后渡航扶桑,她终于如愿以偿进入著名学府日本早稻田大学,攻读法学博士前期课程,并住进了留学生公寓后乐寮。她说:"二十多年前住进后乐寮可很不容易,首先必须是被日本一流大学正式录取的学生,并获得不低于一定数额的奖学金;其次还要有两位有社会公信力的推荐人推荐,并要经过几轮面试……"那时候,后乐寮中的上海籍女学生就她一个,男学生也只有一位,后来这位身高1米92的上海同学,曾荣获中国最高法院功勋的法律人,成了她的丈夫。

毕业后,裘索进入东京的律师事务所。1998年,日本法务大臣授予她日本国外国法事务律师资格,成为日本历史上首位可以以律师身份在日本执业、为日本的企业和个人提供中国法服务的中国女律师。她在日本的知名度相当高,被称为"先生"。2010年5月,她成为日本主流杂志《法学家》的封面人物。

裘索不愿轻易放弃在日本奋斗得来的荣耀,她也留恋故乡上海日新月异的发展。1999年锦天城律师事务所成立,裘索成为高级合伙人。她把工作重心从东京渐移上海,戏称自己是两栖后的软着陆,利用法律专业知识,为中日企业提供法律服务。中文和日语,成为她的工作语言,两国语言间的自如切换,彰显了她职业才华的辉煌。

裘索说:"我是法律专业人士,凭专业知识为企业、为社会提供服务。"她还曾赴日本,为我国一家大型保险公司在日本设立信托基金而奔走。

事业一帆风顺时,裘索母性的善良越发浓重。她觉得,参与社会能帮助孩子更好地成长。每次参与公益活动,只要场合允许,她都带着孩子。她的儿子会主动到敬老院为老人拉小提琴,为老人读报;由她个人捐建的云南纳卡希望小学开学时,她特意带上儿子长途跋涉三天来到大山深处,近300名师生则用最隆重的仪式,欢迎他们的"上海妈妈"。

说起家庭,裘索笑靥如花,并坚持叫来同为高级合伙人的丈夫和我们见面,看见我们掩饰不住的羡慕,她得意地说:"看来我去日本真是赚了。"

把事业和家庭都经营得风生水起的女人,才称得上真正成功。冰雪聪明如裘索,当然明白家庭是自己最依赖的港湾。她曾背着丈夫悄悄练习钢琴曲《致爱丽丝》《梁祝》,专心临摹张大千的荷花,画就《双荷连理》,作为生日礼物送给丈夫。她不缺钱,她每小时咨询收费3500元起,但她觉得面对爱情亲情,这样的行为价值远远超越金钱。

工作之余,花道、茶道、书道是她的最爱。她说:"如果哪天律师不做了,可以在日本开间课堂,专门教授花道。"她拥有教授花道的执照。一花一世界,一草一天地,一叶一如来,在插花中直面真善美，仿佛和远古在对话。

"长亭外，古道边，芳草碧连天。晚风拂柳笛声残，夕阳山外山。天之涯，地之角，知交半零落。一壶浊酒尽余欢，今宵别梦寒。"裘索随意吟出弘一法师的词句，让人不由得对这位早稻田毕业的女"先生"刮目相看。

每年"女神节"，她都给自己寄语：做最从容的自己，过最暖心的生活。

沈昳丽：静静地吸收，静静地释放

几乎没有完整地听过一段昆曲，偶尔听上一两句，感觉就像读普鲁斯特的《追忆逝水年华》，是要有耐心的。舞台上的昆剧演员，则像是慢动作的画中人。

拨响沈昳丽手机的一刻，心里一惊，一暖，那是我经常默念的梵音，于是，更加迫切地想见到这位传说中的"沈姐姐"。

特意挑了咖啡厅一角，想着可以安静地交流，更生怕有人冒昧前来打扰，毕竟沈昳丽是著名昆曲闺门旦，上海昆剧团国家一级演员，中国戏剧最高奖"梅花奖"、上海白玉兰戏剧表演艺术主角奖得主，娇柔妩媚、多情善良的舞台形象深入人心，仰慕者无数。

我正看她的"昳丽道场"，那是她的公众号，心想，怎样的女子会起如此佛意禅心的名称？一转眼，身着白衬衫、水蓝色牛仔裙，围着长丝巾的沈昳丽，袅娜娉婷地站在了我面前。

坐定，咖啡点好，由"道场"说起，她侃侃而谈。在她绘声绘色的讲述中,昆曲由远及近,我慢慢领悟到了昆曲的美好。

沈昳丽出身戏剧世家,奶奶是和袁雪芬一辈的老艺术家,解放后搭班子把越剧传播到新疆。当年就是袁雪芬给她爸爸写了一封信,才有了现在舞台上熠熠生辉的"沈姐姐"。当时上海戏剧学院面向全国招考,父母带她去报考,过关斩将,她从六七千个考生中脱颖而出,成了上戏第三届昆剧班学员。一学八年,毕业后进了上海昆剧团。又用了九年,读出艺术学硕士。"还想读博士的呀,可我妈妈急了,读出来几岁了?哦呦,算了算了,好好唱戏啦⋯⋯"她边说边笑,毫无明星架子,却让人想到一个词:可爱。

我还是在意"道场",于是她给我描绘了一个童话般纯净的所在:那是一个既私密又公开的场所,就像有一个玻璃暖房,既有阳光的照拂,也能挡风雨的侵袭。"我自己和昆曲相处了30多年,依然美好如初见。我的理想,就是让昆曲成为有美感的生活方式,有人愿意来听,我就欢欢喜喜和大家分享,也愿意大家更靠近、更融入昆曲⋯⋯"

昆曲是人类口头和非物质文化遗产代表作,年轻一代观众的关注度越来越高。2013年一个秋日的下午,"昳丽道场"首次实体活动,在上海图书馆善本阅览室开启,她圆了自己的一个梦,也为她的"昆虫们"造了一个梦,她的拥趸都亲昵地称她"沈姐姐"。

《思凡》是沈昳丽的开蒙戏。台上30多分钟，一个人唱念做表。"当时京昆艺术大师俞振飞先生在台下观看我们新学员的首演，说这几个年轻人是好苗子，在台上非常有光彩。这句话一直深深地刻在我心里，时时刻刻鼓励我，让我有更大的勇气继续走下去。"不经意间，她做出了优美的兰花指手势。

从《牡丹亭》的杜丽娘，到《长生殿》的杨贵妃，再到《紫钗记》的霍小玉……舞台上，伴随着岁月更迭，她不断地成长成熟，为观众留下惊鸿一瞥，为600年昆曲增色添彩。

对昆曲，她始终抱有敬畏感。她把昆曲看得很高，轻易不会主动和人说。据说她的粉丝都是高质量的：这一次的一个眼神，和上一次的一个眼神有何不同，为何不同，他们都讲得头头是道。所以她丝毫不敢马虎。

说到昆曲，说到爱昆曲的人，她始终双手合十一脸虔诚。聊到日常有趣处，则笑得花枝乱颤，手舞足蹈，露出一对虎牙，真性情显露无疑。一回到昆曲，立马正襟危坐。她毕竟是位角儿，是首位受邀赴BBC录制的中国昆曲艺术家，多次赴海外开展文化交流，还获得联合国教科文组织和文化部联合颁发的"促进昆剧艺术奖"。

她很忙，创作排练演出是她的主业，还要巡演、讲座。她坚持从创作开始就参与进去，"否则出来的戏就不像是亲生的"。她汲取每一位大师的精华，细细琢磨每一个人物的性格特征。她静静地吸收，同时静静地释放着对昆曲的独特感悟。

以舞台为原点，沈昳丽尝试以多种形式探究艺术的多样性，传递昆曲之美，她与交响乐、古典舞、现代舞、歌剧等交流碰撞，跨时空跨国界，生成不可思议的艺术回响。但她不愿轻易被贴上"跨界"的标签："那里放台钢琴，我这唱着昆曲，这也算跨界啊？只有人物、情绪都对了，合作才算成功。"在传统审美中求新求变，她愿为之倾心付出。

2018年10月，她受香港"进念·二十面体"之邀，到香港参演"一带一路"实验剧场，与同样向往学习不同文化表演艺术的印尼传统爪哇舞者等多国艺术家，在"镜墙剧场"相遇。他们身着法国古典宫廷礼服，融入法尔赛宫的意境，彼此为镜，上演一出《惊梦：博物馆的故事》。2019年上海之春，她和《梁祝》作曲之一陈钢老师，合作了交响诗曲《情殇——霓裳骊歌杨贵妃》。

她很享受舞台。她名字中的"昳丽"，出自《战国策·邹忌讽齐王纳谏》，有精神焕发容貌秀丽之美意。也许，前世里，就注定了她和昆曲的不解之缘。

2012年在德国举行中国文化年，上海昆剧团带去了保留节目《长生殿》，她出演第一本和第二本的杨贵妃。第二本演出当天，恰逢她生日，同事好友送上生日蛋糕，有"昆虫"特地从英国转道法国，再到科隆观看演出。异国他乡，昆曲让她不孤单。 2018

年在武汉演出,正逢她主持的"昳丽道场"五周年纪念日,粉丝们从四面八方悄悄赶来,给她在影院张罗了一个仪式,让她感动不已。

　　昆曲,已然成为她的生活方式。

　　分手时,望着她灵动的背影,我在心里默默唤一声:沈姐姐……

沈丹枫：链接中外文化的使者

沈丹枫是地道上海女子，面容姣好，温婉聪慧。她家境优渥，祖上是湖州丝绸世家，往来皆鸿儒商贾。从小，她便是众人眼里的公主，见惯了赞美，但她始终记得祖母的话："做人要善，吃亏是福。"

在家风醇厚的环境下长大的她，不负长辈为她起的名字：丹枫迎秋。刚进大学，就凭借出众的容貌、机敏的应变能力和优异的口语表达，被第一届上海国际电影节选为现场翻译；大学刚毕业，则在一次展览中邂逅心仪之人。眼前一派明媚繁花，她觉得自己就是生活的宠儿。出国留学，做证券经纪人，事业顺风顺水；随夫回国后，在美国领事馆工作，顺顺当当到连她自己都忍不住笑说幸运。

20世纪90年代，沈丹枫参与接待各国政要，美国总统克林顿、新加坡总理李光耀等等，这是她职业生涯中浓重的一笔。得体的言谈和装束，让外表看似娇弱的她赢得一致肯定。1999年，她陪同基辛格博士参加第五届财富国际论坛，场内场外，她似乎就是为成为人们瞩目的焦点而生的，在这样高规格的外交场合，她长袖善舞，游刃有余……近距离的接触，让基辛格对她赞赏有加，在和她合影的照片背后亲笔题词：向了不起的礼仪官表达我最崇高的致意。从此，她视自己为链接中外政治经济文化的使者，更被业界誉为"上海公关皇后"。

她身上的自信和美，在各种社交场合被挖掘和关注。2002年，上海市政府申博代表团在巴黎进行访问，当时有位英国记者采访了她，问她上海为什么有资格申办2010年世博会。她回答："我自己的经历就代表了上海发展的一个奇迹，上海是一个兼容并蓄的国际化都市。我出生时，中国还是闭塞的，到上小学时，中国大陆开始改革开放，所以后来我有机会出国留学，现在我作为海归，亲眼见证了上海的发展。上海是一个活力无限、非常有国际化精神的城市，一个举办世博会的最佳地点。"后来，她作为申博代言人登上了《国际先驱论坛报》。世博会期间，她在瑞士馆、阿联酋馆做过多场慈善推广，在中外交流方面起了桥梁作用。

沈丹枫的夫家是夏威夷华裔望族，先生是位杰出的商业领袖，她本可以在家安享荣华富贵，过上流社会阔太的生活。但她毕竟是位上海女性，善解人意，凡事周到，懂得如何经营事业和家庭。因为挚爱艺术，她遍访全球各大艺术馆，汲取艺术养料的同时，把世界带进中国、把中国推向世界成了她的使命。她创办了自己的工作室，致力于中外文化交流，倾心于传播美的概念。

上海曾经是有绅士和名媛的城市。宋美龄女士就是她的偶像，沈丹枫出席重要场合，喜欢穿旗袍、戴礼帽，这已经成了她身份的标志。作为一位上海女性，她特别欣赏宋庆龄、宋美龄和奥巴马夫人及国际影星奥黛丽·赫本，"她们是女性的楷模，也是我的榜样"，看得出，这些成就卓著的东西方著名女性对她的影响。每当她看到忙碌疲惫的人们特别是女人们，既有美的渴盼又局限于生活的仓促，就觉得非常有必要把自己对艺术和美的感悟，分享给更多的人。"用穿衣来表达艺术"，是她的一个心愿。她开设了一个旗袍馆，她愿意更多的女性走进来，穿上一件得体优雅的衣服，抚平生活烙下的褶皱，笑着面对明天。

希腊驻沪总领事曾到访她的旗袍馆，和她就中西文化进行了探讨，他们一致认同：民族的就是世界的。中国和希腊都是文明古国，有着悠久的传统和历史。她说：传统文化是我们的先辈传承下来的丰厚遗产，曾长期处于世界领先地位，传统文化在影响现实的同时，也在时代的氛围中发生蜕变，融入新的文化内容。

沈丹枫还是亚欧企业家联盟国际事务理事，不断变化的工作和身份，让她的阅历更加丰沛。从以往政治、经济、文化的传播，到现在注重生活美学的传播,她把自身谱写成了中西合璧的优美乐章,也成了名副其实的海派文化代言人。

她不与人争长论短,更不趋炎附势,因为不需要。只做最好的自己,就是她对人生负责的态度。她唱咏叹调,跳芭蕾舞,做瑜伽,学设计,读书、旅行,精彩纷呈而不忘初心:美美与共。

小区花坛上,花木扶疏,有木质摇椅,有各种造型的钢椅,穿行其间,她说:真适意,以后侬多来坐坐。有人说,女人最珍贵的品格是天真。此时,我看到的不光是职场上风光的丽人,更看到了她天真的一面。

"感谢生活!感谢家乡上海!"走过万水千山的沈丹枫,心底里对上海有着挥之不去的情结。

史逸婵：精致柔软的上海女汉子

早闻史逸婵芳名。当她突然被提拔为上海市团市委兼职副书记起，就不可避免地成为网红。

在一次征文活动中，我们都是评委。她谦逊地向每个人微微鞠躬，做派有点像日本人。在主人询问咖啡或茶时，她说："我在哺乳期，就白开水吧。"言行率真，得体优雅，一下子就让我喜欢上了她。

史逸婵脸容端庄，服饰精致，思维活跃，有着年轻人少有的沉稳。也许是忙，说话语速极快，时不时迸出的"上海话"，让她显得真实不做作。

她是个不用父母操心的上海乖囡。父母的厚道正直让她从小体会到爱的力量。读小学时，曾经发生过一次地震，她就在小朋友中发起募捐，还在圣诞节时做卡片义卖……小小年纪，就显露了做社会工作的潜能和做一个领导者的担当！

果然，渐渐长大的她，愈加个性迸发。中学开始就作词作曲，钢琴、打击乐都考到10级；师从名家，有高级美声证书，一度想考音乐学院；进复旦后,组织过社团,是健美操运动员;更令人称奇的是,她居然还有机器人设计专利。一般女孩热衷女红,她则喜欢组装电脑、拼装航母模型,家里电视机坏了,掀开后盖就动手……"我就是个女汉子,德智体美劳,样样玩得还可以。"女汉子20岁时,送了自己一份大礼——入党申请书!

这样的上海姑娘,凤毛麟角。

再见史逸婵,是在她的领地——静安白领驿家。当年她刚刚从英国留学回来,也已经拿到了一家著名外企的offer。可是冥冥中,她觉得有什么在等待着自己。当她来到白领驿家应聘时,20多位考官都瞪大了眼睛,甚至怀疑她的履历:一个留英海归硕士来应聘社工?

坐在白领驿家的咖啡吧,她侃侃而谈:"静安是世界眼里的上海,有50万'白骨精'。也许这里的咖啡拉花不是最美的,但咖啡师绝对是学历最高的。海归,甚至外籍白领都心甘情愿来这里做义工。"

史逸婵见证了白领驿家的发展。成立9年来,已累计开展各类服务活动1300余场次,累计服务近40万人次白领,发展会员8万人,助推建立白领自治型社团26个。

哺乳假未满,她就上班了。对领导提的唯一要求就是:"要带着孩子上班,因为孩子是上天送给我的最好的礼物。这个阶段,给孩子的只有妈妈的乳汁。"她虽以"女汉子"闻名,但绝不会因工作耽误家庭，不会以工作为借口给孩子断奶，她成了职场少有的背娃族。

工作中的史逸婵，和她的团队一起，每时每刻，创意不断。继"缘来一家人""驿家心SPA""驿家乐学堂""公益也时尚""绿色一平米""文驿星空间"六大服务品牌后，今年又推出"筑梦忆初心"，标志着白领驿家的工作模式，由潜移默化的服务型党建，向有明显红色元素的引领型党建转型。

"我们知道白领在想什么，我们的存在就是要引领白领走向更有温度、更有深度的生活方式。"她充满自信的脸庞，被窗外的霓虹映衬得分外美丽。

极具音乐天赋的她，为给高雅艺术一个平台，赋予白领对美好生活的想象，和城市交响乐团合作，演绎大师经典。本来音乐欣赏会只有25个名额，因报名者太多，甚至有人托领导来打招呼，于是放到45个名额。音乐会上，听众与艺术家只有一米的距离。结束后，有人说："生命中不能没有音乐。"更有不少人问："下次还有吗？"她豪爽地一挥手："抢吧。"

诸如此类的活动，光是2017年就举办了250多场，覆盖3万多人次。"在驿起，更有劲er"是白领驿家战略规划的关键词。"驿起筑梦""驿起学习""驿起运动"，难怪静安两百幢商务楼里的白领，离不开静安，这里有他们安心乐享的所在。有的外企老板要搬走，员工们强烈恳求不要搬，因为下班后他们要到白领驿家来活动。每次活动人都"扑扑满",再冷门的活动也"扑扑满"。史逸婵的骄傲溢于言表。更骄傲的是,儿子也习惯了妈妈的忙碌和温柔。

一个星期十多场活动,一天要开几个会议,这是史逸婵的工作常态,一般情况下,她总是以"女汉子"的形象,斗志昂扬地出现在人们面前。"也有老难老难的辰光,有时候一边加班一边哭……"腰佩软剑、心系柔情的女汉子,也是少有。家人不建议她剪去长发,"不然真成汉子了",她呵呵自嘲。

我们分手时,早已过了下班时分,我问她儿子在哪?她说:"在楼下,妈妈看着。"

要事业,也要家庭,更要精致的生活。当下最幸福的,于她就是能顺从自己的心意,做和自己的理想高度相容的事,且尽量完美,且有家人相伴。

王珮瑜:"跨界"的基础是专业

如果说这个时代还有传统概念上的"角儿",王珮瑜当之无愧。她是国家一级演员,"余(叔岩)派"老生第四代传人,20年前,就广泛获得了业内诸多前辈的赞许。

从小,她就显露出良好的艺术天分。出生于苏州的她,8岁,就以一曲评弹《新木兰辞》名满姑苏;16岁,凭一折《文昭关》得到梅葆玖赏识,见人便说"上海戏校出了个小姑娘王珮瑜,唱得真好";18岁,被谭富英之子谭元寿先生称赞为"小孟小冬";20岁前,拿遍几乎所有京剧大奖,已得到许多专业演员一生追求的荣誉;25岁,担任上海京剧院一团副团长,真正是春风得意马蹄疾。

但人生不可能总是一帆风顺,何况特立独行的"瑜老板"。

她希望传统艺术能够完全接受市场的检验,如昔日名角儿一样,自己挑梁搭班"跑码头"。2004年,她离开了京剧院,邀请几个同伴,兴冲冲成立了个人京剧工作室。但不是所有的破釜沉舟，都能换得"百二秦关终属楚"，江湖险恶，市场无情，她很快千金散尽。在经历一系列变故和思想斗争后，她选择回归体制，重新专注于内容制作。她开始明白，想要重整京剧昔日辉煌，需要合适的团队，更需要扎实的专业积累，也要顺应时运，选择最合适的传播方式。

她藏起锋芒，专注于整理复排京剧传统骨子老戏，投师访友，组织戏曲类、文化类专家学者组成的"余派传统骨子老戏顾问团"，学习"谭余一脉"濒临失传的老戏，一一筛选、消化与吸收，整理出文案、剧本、影像等资料，挖掘了如《朱砂痣》《芦花河》《汾河湾》《搜孤救孤》《游龙戏凤》《法门寺》《南阳关》《审头刺汤》《举鼎观画》《盗宗卷》《张松献图》《桑园寄子》及昆曲《阴骂曹》等十几出传统骨子老戏。在此基础上，又策划推出了由其主演的"余脉相传"骨子老戏汇报演出，迄今已举办四个演出季。

2008年，王珮瑜应梅葆玖先生之邀，为电影《梅兰芳》中章子怡饰演的孟小冬配唱，让她收获了更多来自大众的关注，让她有了更多的动力不断推进京剧艺术当代化。在台上，她戴上三绺胡子就是《文昭关》里的伍子胥、《搜孤救孤》里的程婴，走到台下，她是最坚定的传统艺术传播者，将王珮瑜称作"京剧推广第一人"恐怕不会招致异议，很难再找到旁人做得时间比她更久、形式比她更多样的。

京剧曾经"没落",观众曾经"青黄不接";她觉得,作为一名京剧演员,传承重要,传播同样重要。京剧要发展必须有市场,必须在剧场里留住观众,必须要有高质量的戏迷和评论家。于是,她"摸着石头过河",一步一步走上了京剧普及之路:开设"瑜乐京剧课",通俗易懂地讲解京剧专业知识;在喜马拉雅开设首档戏曲付费音频节目《京剧其实很好玩》,至今已有320万收听人次;在小咖秀、抖音上拆解京剧哭、笑等程式化表演;她还将直播和弹幕的概念引入京剧清音会里,即在舞台屏幕上同步直播演员幕后花絮,观众即时将自己的想法发送在屏幕上,这种互动看似新颖,实际上是京剧传统观演关系里"叫好文化"的延伸。凭借对专业的扎实传承、灵活传播,她逐渐走向更高、更大的平台,在《朗读者》《经典咏流传》《国家宝藏》《奇葩大会》等高质量综艺节目中,讲述与京剧有关的一切,获得了普遍关注。

不只是京剧,她还努力联动其他传统艺术,与曲艺大师马志明、单田芳跨界组合,演出了墨壳原态舞台剧《乌盆记》、《文图会》(相声《文章会》加京剧《张松献地图》),将相声、评书、京剧三种艺术形式熔于一炉。她排演的墨本丹青版《赵氏孤儿》,用山水丹青画卷代替了常见的实景道具,打造了一台"马余兼美、修旧如旧"复古大戏。

京剧,因"瑜老板"而成为年轻人的时尚文化消费，她唤醒了古老的传统艺术，让人们在京剧中体悟内心深处的英雄情怀、仁义、古道热肠与公序良俗。

以前，她总想着要跟别人不一样。如今的她，韬光养晦，中庸内敛。尽管头衔多多，却总是自谦："我是一名京剧演员。"

王萌萌：追逐高远　温柔以待

有的人，生来善良；在给予他人帮助的同时，愉悦丰盈了自己。

"80后"王萌萌，拥有模特般的身材，眼神坚定，举止轻柔，即使背个环保袋，明星般的气质也让她卓尔不群。

大学毕业，萌萌来到上海，度过了一段朝九晚五的白领生涯后，困惑袭上心头：这就是我想要的生活吗？她从小嗜书如命，书是她成长过程中的心灵拐杖，也是她生命中最不可缺的心灵伴侣。机缘巧合，她进入到一家专为国内贫困地区孩子募集课外读物、创建爱心图书室的公益组织，在那里，她身心释然，感到自己的价值得以体现。和一般白领不同，她更多地关注起远方和他人。大山里那些面临失学的儿童，常常令她按捺不住地想去帮助他们、亲近他们。

也是有缘，她认识了云南坚守在教学第一线的彝族乡村女教师马素英。当她第一次来到云南贫困山区，第一次看到了大山深处乡村小学的真实情况，第一次看到孩子们捧起课外书时津津有味的样子,她又高兴又辛酸。

"没有阅读的童年是无法想象的"。她从此有了心结。

2007年5月起,萌萌开始自费前往云南元阳县黄茅岭乡支教采风。为了更加清晰地了解当地学生的情况,她跟随马老师爬了一座又一座山,去到每一处山褶皱里。遇到大雨倾盆,她就披上塑料布,戴上斗笠,穿上当地5元钱一双的鞋,奔走在崎岖的上山路上。在一个叫马鹿塘的地方,她的心被粘住了,柔化了。那里是黄茅岭乡海拔最高最艰苦的一个村寨,许久以来,几乎没有外面的女人进入。但在破败不堪的村小里,有一位瑶族老师坚持授课。得知王萌萌他们是专程来的,憨厚的老师搓着手,激动得话都说不出来。更让她惊讶的是,那些大大小小的学生,背着用旧饲料袋改成的书包,羞涩地站在空地上,褴褛的衣襟里兜着花椒,这些是他们待客的礼物,他们要把这些大地的植物送给远道而来的支教老师。"这些一贫如洗的孩子如此懂得感恩,懂事得令人心疼……"每每回想起,她的眼里总腾起一阵雾。

十多年前,萌萌和一个叫小美的8岁女孩子结了对。女孩是个遗腹子,小时候曾患有先天性唇腭裂,母亲在她很小的时候就改嫁,她跟着奶奶生活。但就是这样的境况,女孩的眼睛依然清澈,笑声还是爽朗,望着女孩的眼睛,萌萌决定凭一己之力帮助女孩改变命运。小美在她的呵护关爱下，考上大学，走出了大山。

做志愿者的经历，让萌萌心绪难宁。有段时间，她白天做志愿者，晚上伏案写作，写到动情处，情不自禁泪流满面……仅仅三个月，就完成了"志愿者三部曲"的第一部《大爱无声》初稿。那是她的处女作。之后，她一发不可收，从2007年到2012年，相继完成描写环保志愿者的《米九》和社区志愿者的《爱如晨曦》。

资助小美的同时，萌萌又与马老师创建了"一加一物质资助加情感关怀"的助学模式，使更多大山深处的孩子得到温暖与关爱；同时还多次通过公益捐赠等方式，让元阳两千多名学生感受到来自大山之外的关怀。

古人云：授人以鱼，不如授人以渔。

2017年7月，王萌萌发起"云绣工坊"公益项目，和倡导公平贸易的公益组织"乐创益"一起，策划了"去元阳学刺绣"公益旅行路线。"云绣工坊"尝试协助元阳县少数民族开发刺绣产品。她不仅想保护当地的传统民族手工艺，更想助力少数民族妇女居家就业，走上增收致富、寻求尊严和自由的道路。

庄子曰：天地有大美而不言。萌萌无私的付出，在山区孩子们中间传播，在都市爱心人士中间传播。十多年来，萌萌的爱心团队已经和200多名贫困的少数民族孩子结对，目前受助学生的数目还在持续增加，其中已有8名孩子考上了大学。中央文明办接连三次做出批示，褒奖"王萌萌为弘扬志愿服务文化做出了突出贡献"。"最美志愿者""上海市慈善之星""上海市志愿文化宣传大使""上海文化新人""云南省红河州最美女性"，这些荣誉称号，于她，实至名归。

毕竟是位有个性有见解有阅历的都市女郎，除了阅读、旅行，萌萌还喜欢登山、徒步。我在想象那些刺激性的画面时，她轻轻地说：我还是做饭小能手。

如今，和她同住一屋的，有马老师在上海读大学的女儿，还有一位受爱心人士资助大学毕业在上海成为白衣天使的哈尼族姑娘，她们都从受助者成为爱心志愿者。

她从不纠结于一般女孩子的小情小调，名牌包包可以拥有，但决不追求。在浮躁肤浅的现实面前，萌萌追逐高远，却愿意为一朵山花、一个眼神、一片飘散的云朵，而驻足而低眉，把内心的美好，一点一滴地释放，人生则在付出中升华、圆满。

王倩文：黄浦江畔的巴黎玫瑰

王倩文是定居申城的海归艺术家。她曾在法国留学八年，专攻世界美术发展史，对非具象进行深入研究，同时选修服装设计。在法兰西，她穿梭于学校、画廊、博物馆和名家工作室，也办过画展。"巴黎玫瑰"是她对自己的爱称，以及对青春岁月的一种纪念。

她从小异禀凸显，3岁就像模像样拿笔在墙上作画。妈妈慧眼识珠，骄傲地对别人说："这是我女儿的壁画。"妈妈收集了她小学起的所有画。爸爸中医世家出身，在当地颇有名望，常有人来家找他看病，他就指着墙上的画说："这是我女儿的作品！"可是父亲反对她从事艺术创作，他希望女儿从医或者有一份体面的工作。随着年岁渐长，她对艺术的向往愈加执着起来。

水墨、工笔、花鸟、山水、素描，一直到写实油画，她在艺术天地中寻找最适合自己的表达方式。18岁，她来到上海。几年磨砺，成了小有名气的画家，画的荷花、花鸟一幅难求。艺术无坦途，她在创作上不可避免地遇到瓶颈，于是义无返顾地去了法国。在艺术之都巴黎，她眼界大开，接触到装置艺术、行为艺术、观念艺术及雕塑等等艺术手法和理念，在充分吸收艺术养料后，她明确了自己的艺术方向，即从事非具象艺术的创作。因为她觉得，唯如此，才更能表达心灵的自由。"心灵的呼吸"就是她非具象系列的名称。

　　作为一名职业画家，王倩文的作品中有明显的女性特质，细腻，感性，和谐，华美，她的作品给人带来的是视觉的享受，勃发的生机，精神的自由和独特的生命体验！

　　2000年至今，王倩文已在中国上海、北京、台北及澳大利亚、加拿大、法国、爱尔兰、日本、韩国、新加坡等国家和地区，举办过数十次个展和群展。在新加坡办展时，一位女士对她说："我能抱抱你吗？你的作品触动了我的心灵，解了我的乡愁！"她的作品既有历史沉淀又有当代风格，得到美术界专家一致好评。《无界——王倩文当代艺术油画作品集》，收入了她多年来的创作结晶。

　　艺术家都是浪漫而执着的。除了非具象画，王倩文对中国传统文化有着割舍不了的情结。为了发现最美的长白山，画出天池四季的变化，她用了六年时间，前后去了五次长白山，常常一个人坐在天地之间，看云海翻滚，听林间鸟鸣。回上海之后，两耳不闻窗外事，独居画室，花了整整九个月进行创作。

2018年9月，她用了整整28天，在青海行走，吃住在藏民家。原始的风光，淳朴的藏民，简单的生活，让她每天看，每天都感动。她说："皮肤虽然晒黑了，但心灵更干净了，那里对自己内心有一种巨大的吸引力。"回来后，她回避社交，不去办展，沉浸在《大美青海》的创作中，晨昏不知，饱饥不顾。最舒服的时候，于她，就是在自己的画架前沉沉睡去，醒来后对自己说："一幅伟大的作品诞生了！"

出名，是要付出代价的。面对流传坊间的赝品，她无怨无惧，她认为自己的作品一直被抄袭，但从来没被超越，因为自己一直在创新。

王倩文来往于上海和巴黎之间，旅行、办展。其他日子，她喜欢待在画室，尤其是双休日，因为这时候最安静。单身的她，并不惧怕孤独，也不刻意躲避热闹，她觉得单身可以把更多时间留给创作，她为自己的理想而坚持着。

创作之余，王倩文对生活的认真，让我感动。为了这次采访，她特意买了一套15头的咖啡具，穿着自己设计的真丝长袍，红茶绿茶斟在相应的精致茶具里。花园里，是她自己种植的四季鲜花以及桃子、柚子、苹果树。夜晚，她留饭，换上利落的短款真丝裙，一会儿，烟火气弥漫餐室。

在她的书房，画架上是尚未完成的荷花；四壁张挂着已经完成的巨幅作品，其中一对中式大褂油画，据说苏富比愿意出价700万收购，但她舍不得出手。她强调，自己的作品不会留给子孙，应该留给社会，留给整个人类，欣赏的人越多，价值就越大。

每个人都有理想，或大或小，或多或少。对她而言，理想就是如她崇拜的古根海姆那样，在海内外都有以自己名字命名的"王倩文美术馆"，然后，牵着爱人的手，去喜马拉雅。她既豪迈又娇柔地说："西藏，是一定要留着和心爱的人一起去的。"

愿她这个小目标早日达成！

王仁华："管闲事"出名的上海女人

传说中上海人精明、好面子、斤斤计较，甚至冷漠自私。女性，还多了一份傲娇。其实上海滩好心人不少，"管闲事"出名的上海女人王仁华就是其中一位。

我采访过许多名人。一天，我尊敬的师长李伦新先生对我说："有一个人，建议你一定要去采访，她做了很多好事都不张扬。" 2013年3月，我联系上了王仁华。但她很忙，一会儿要去监狱帮教，一会儿要参加各类社会活动。终于，她说5月份要组织同学去闵行区召稼楼春游，邀我同去顺便采访。

那天，我第一次见她。只见她笑容可掬，说话响亮干脆，亲和力极强。时年65岁的她，打扮得漂漂亮亮，哈哈笑着说："围巾5元钱，衣服50元，好看哦？"当然好看，这就是上海女人的精明。区区几十元，换来的是得体，且让人常见常新。

王仁华从小体弱多病，是众人的关爱使她一次次渡过难关。怀着一颗感恩的心，她要回报社会。一介布衣的她，便开始管起了"闲事"做起了好事。

1995年，青年演员王晓东患胃癌并转移到肝脏。当时正生病的王仁华，看到报道很难过，悄悄从亲戚给她的营养费中拿出1000元寄给王晓东。她是当时第一个捐款的人。她不顾自己的身体，到处奔波说情，请上海东方肝胆外科医院院长吴孟超给王晓东开刀，手术很成功。此事经报道，引起强烈社会反响，从此她成了名人。

这一年，王仁华决心把好事做到底，她认了孤儿姜琳姐弟为儿女。著名国画大师程十发的长公子程助知道后，也抢着要认他们做儿女，还郑重其事地办了一桌酒。平时给他们生活费，逢年过节给压岁钱。

从此，王仁华管闲事做好事一发不可收，她潜在的能量被激发了出来：小平因花露水使用不当而被烧伤，她甘愿当委托代理人，使小平得到厂方补偿；她半小时能联系10名热心人，每人捐款400元给安徽长丰县贫困学生；她请上海东方医院院长刘中民启动爱心基金，免费为福建贫困农民做心脏手术……

1997年起，她和龚钦华等三位上海阿姨开始帮助向明中学四名贫困学生。2001年3月10日，上海电视台《新闻观察》播放了她和申城热心人"爱心链"的故事后，许多素不相识的好心人辗转找到她，希望能早日加入好心人的行列，用实际行动资助品学兼优的贫困大学生。于是，她的"闲事"管得更宽了。近20年来，她先后为300多人次的好心人穿针引线，与近600名上海海事大学、上海海事大学高等技术学院品学兼优的贫困学生结对，不仅在生活上替他们解忧，还教会他们怎样融入上海日常生活，了解上海的历史人文和风俗习惯。逢年过节，学生们喜欢发短信表示对她的感谢。但是，许多学生不知道节日的内涵，清明节发"清明快乐""清明吉祥"，她哭笑不得，总是不厌其烦一次次纠正。作为上海百老德育讲师团成员，王仁华等好心人在上海海事大学成立爱心助学基地，并于2010年12月在上海海事大学举行揭牌仪式。

王仁华说自己爱管闲事。但没有想到，自己走出的这一步，会引来那么多的知音和追随者。许许多多的上海人、新上海人被她的无私感动，有钱出钱，有力出力。每逢中秋，她收到来自全国各地的月饼，她开心不已，忙着叫学生来品尝；学生毕业，她忙着给好心人打招呼寻工作机会；受过王仁华和其他好心人帮助的学生们无以言报，便想法出版了一份世界上独一无二的《感恩报》，一年一期，已经出了9期。

王仁华管"闲事"似乎上了瘾。1998年，她受上海市总工会的委派，走进青浦监狱，与服刑人员签订社会帮教协议，进行零距离帮教。从此每年的元旦、大年初一、劳动节、国庆节，她都在监狱度过。监狱领导说她是"不在编的女警官"。21年来，她帮教的19名服刑人员中，有犯贪污受贿、行凶抢劫、经济诈骗、贩卖毒品等各种罪行，还有未成年的少年犯，其中13人提前释放，1人保外就医因病去世，还有5人也多次减刑。有的服刑人员刑满释放时，一定要当面对她说声"谢谢"……一对定居美国二十多年的老华侨夫妇，从《新民晚报》上看到写她的长篇报道《走进监狱管闲事》后，写信辗转找到她，希望能帮教他们在浙江省监狱服刑的儿子。经有关部门的同意，她自费去浙江衢州，看望他们服无期徒刑的儿子，给这个垂头丧气的男子带去了父母的关爱。

随着名气越来越大，她的家成了许多人的希望之家，家里前前后后住过三十多个来沪读书、治病、打工的青年人，有时一顿饭烧了三次，还有人来敲门……她儿子说："如果'大世界吉尼斯之最'要评'最爱管闲事奖'的话，我妈准能夺冠军！"

从爱管"闲事"到做善事，王仁华走过了风雨20余载。二十多年来，她从满足小我到终成大爱，从一个下岗女工到著名社会志愿者，身边凝聚起越来越多有爱心的上海人。王仁华连续不断地真心付出，使她先后被评为"上海市精神文明十佳好事""上海市教委爱心帮困助学先进个人""上海市优秀社会帮教志愿者"，被誉为"一辈子都在做好事的人"。

王仁华只是一名普通上海女人，她也会盘算日常的油盐酱醋，但她又不是普通女人，她心中存有大爱。几十年来，她的周围慢慢聚拢起一批有爱心的上海市民，被称为"好心人"。在那些外地学生眼里，王阿姨是名副其实的上海好心人。

王维倩：在西方歌剧和上海老歌中沉醉

猝不及防一个倒春寒，不得不重新裹上羽绒服。好在，王维倩一句"好茶好点心伺候"，让人顿生暖意。

王维倩是上海歌剧院首席女中音，国家一级演员。在上海文艺界，也是标杆性人物。她19岁考入上海音乐学院，专攻美声。主演过一系列歌剧——《塞维利亚理发师》《卡门》《费加罗的婚礼》《奥赛罗》《女人心》《蝴蝶夫人》等等，这些原汁原味的西方殿堂级歌剧，由她这个典型的东方女子来演绎，浪漫中蕴含着妩媚，引来无数知音。

不经一番寒彻骨，怎得梅花扑鼻香。1996年，王维倩参加第7届青歌赛专业组美声比赛获得优秀歌手奖。1998年参加文化部声乐新人新作比赛，又斩获专业美声组优秀演唱奖……她成为国内美声歌唱者中的佼佼者，不时被邀请到世界各地，参加重量级的歌剧艺术节演唱比赛。

舞台和红毯，鲜花和掌声，成了她熟悉的场景。

她最喜欢登台前，自己在化妆间的样子，并翻出手机里各种造型的照片给我看："好看哦，真是张张喜欢。"一副自恋相。

歌剧院的工作并不忙，平常空余，王维倩看电影，健身，准备做唱片。家中琴房里有一面大大的白墙，晚上窗帘一拉，打开投影机，整个琴房就成了她的私人影院。她窝在沙发上，看外国原版电影。舞台上，她用流利的法语、意大利语演唱歌剧，"有原版电影的一份功劳哦"，她开心地笑着，看上去有点天真。

歌剧毕竟小众，属阳春白雪。2008年王维倩大胆跨界，尝试演唱上海经典老歌。没想到，一唱而成为演绎上海老歌的代表人物，陆续录制了《中国骄傲·上海老歌》系列唱片及《凤凰于飞》《摩登上海》等，不知不觉中，《上海往事》就录了六集。演唱会上，她往往一袭旗袍，低吟浅唱，传承中融合了自己对上海经典老歌的理解，有"沪版蔡琴"之美誉。

2010年，她与著名舞蹈家谭元元一起，应世博会联合国馆的邀请，参加为各国元首展现中国艺术文化的演出，同时演绎了西洋歌剧和上海老歌。她还与著名作曲家陈钢和小提琴家潘寅林一起，赴纽约联合国总部剧场，做"玫瑰与蝴蝶"的专场演出，听者无不如痴如醉。

在演唱上海老歌时，王维倩发现20世纪三四十年代的法国,除了经典歌剧,也有流行歌曲,时称"香颂"。巴黎和上海的城市气质相似度颇高,于她,更是在音乐中嗅到一股熟悉的味道。由此,她迷恋上了"香颂"的甜美浪漫。

音乐是王维倩保持精神层面不被干扰的生命,是她独立于斯的支撑,但不是全部。她也喜欢活色生香的日常,逛街看碟、红酒咖啡、小酌大笑……和趣味相近的女友们,时不时地于杯盘交错中阔谈人生大事小情,想着在自己滋润的小世界外,能为社会贡献些许智商。如何为社会做些有益的事,成了这些凭技艺和个人魅力吃饭的颇有成就的女性的共同心事,或者说责任。她们戏称自己为"十三姨"(society 的谐音),王维倩因善唱法国香颂,被笑称为"香姨"。

"香姨"可不是随便叫的,王维倩凭借自身影响力和在文化界的人脉,近年来邀请一批著名作家和媒体人,为弘扬推广海派文化,精心策划推出了多个系列讲座——"美丽的上海""他们和她们""名人品上海"等;特别是为东方大讲坛和上海图书馆定制的定期讲座,深受听众喜爱。

才情女子,必有人赏。王维倩做人地道干净不做作,深受朋友喜爱敬重。她是无锡人,爱吃河鲜,朋友都知道她喜欢吃阳澄湖的螺蛳,吃螺蛳的功夫那是相当了得。一次,朋友们相约阳澄湖,恰逢她有演出。演出结束回家路上,接到书法篆刻家陆康电话:"知道你今天来不了,但我还是给你炒了几斤螺蛳,马上送到你家,热的……"闻言,她飞奔到家,只见陆大师提着一盒热腾腾的螺蛳等着。她接过螺蛳,谢过大师,上楼,倒了一杯酒,顶着一个奇异的演出头和一张浓妆艳抹的脸,直接开吃,生生把螺蛳统统吃完,才心满意足地卸妆洗漱,这一天算是完美了。

其实,为了舞台形象,王维倩是有付出的,每天坚持运动,平板撑能坚持好几分钟,这对一位中年女性来说,实属不易。 2015年她被聘为海派旗袍文化大使,没有一副好身材,怎么能承受得了这顶桂冠?

吴尔愉:"微笑天使"逐梦行

吴尔愉,她的笑容让人过目不忘。她不仅是上航的金字招牌,也是上海的一张人文名片。24年前,她和18位纺织女工成为"空嫂"的消息,曾是最热门的新闻。

进入上航,最让吴尔愉难以忘怀的第一堂课,就是微笑课。从小爱笑的她,还真不知道笑里有学问,为此,她每天对着镜子练习45分钟:双眼平视,眼神自然温和、嘴唇微闭成月亮形、双齿轻分。老师回忆:"吴尔愉在班上笑得是最出俏的。"

空姐,在常人看来充满浪漫神秘色彩。然其中冷暖苦涩唯自知。首次航班上,高空缺氧、飞机颠簸令她呕吐不止,但她笑着硬挺。上机实习第一个月,她飞了14天,没请过一天假,终于闯过"晕机关"。

从1995年9月底完成基础训练,飞向蓝天起,一年半期间,吴尔愉创下了中国民航一项新的服务纪录:1600多小时的空中服务,平均每个月飞行约100多小时;收到旅客表扬信800多封,连续11个月被乘务部评为"最受旅客欢迎的乘务员"。

起初,她飞一天,歇一天。工作日,清晨5点就得出门,每回都是丈夫踏自行车送她。为了节省时间,她把女儿一头乌黑的长发剪成了短发,为此女儿大哭一场。后来她买了车,她说:"只是为了方便,为了节省时间。"

吴尔愉热爱蓝天。几年里,她迅速成长,从一个普通乘务员到乘务长,从上海市劳模到全国劳模,此后,更是不断荣誉加身:1997年,被评为"上海市职业道德十佳标兵""上海市三八红旗手";1999年,荣获全国五一劳动奖章;2000年成为"全国劳动模范";2007年当选党的十七大代表;2012年10月31日,"吴尔愉劳模创新工作室"挂牌。

"吴尔愉"的名字,是她已故爷爷取的。爷爷说:"做人就要给人愉快,别人愉快了自己也才愉快。"吴尔愉的真心微笑与真情服务,让她获得尊重。

一次,从温州飞往上海的航班上,一位旅客走到机舱门口时,突然对着飞机外壳就是两拳。在舱门口迎客的吴尔愉微笑着说:"先生,你力气真大,你会气功吗?"和那位先生同行的旅客们都笑了起来:"小姐,他就是这样,喜欢到处拍拍打打。"她依旧微笑:"看来,我该建议上航提供个性化服务,在飞机上配一个沙袋,提供给像这位先生一样的旅客使用。"吴尔愉用一句"个性化服务"的幽默语言,从侧面婉转指出了旅客的不当,起到了事半功倍的效果。

作为两岸包机首航亲历者,她被大家亲切地称为"微笑天使"。当机组从台北返回上海时,只有五名台北地区乘客。为了给首航画下一个完美句号,她和机长商量,让乘客坐进"头等舱"。但不久,一名乘客向她频频"发难":一会儿要毛巾,一会儿又要多加一份餐食。吴尔愉来来回回替他拿了八条毛巾。最终,她的微笑打动了这位乘客。离舱前,这位乘客真诚地对她说:"你知道你在台北的知名度吗?"说着,取出一封信,郑重其事地交到她手上,信中写道:感谢上海派出了这么优秀的乘务员。

有时,吴尔愉一天要飞三个航班,三上三下,身心难免不适。回到家里,忍不住使使小性子。在她心里,家是可以任性随意的地方。说到家,她的眼中自然流露出欣慰满足的神色。她说她最大的遗憾是没有时间陪伴女儿,女儿18岁前都没有坐过飞机。"好在女儿拿到英国法律专业硕士学位,已回国就业啦",说着,她又露出标志性笑容。

"吴尔愉服务法",已成为中国民航硬性服务标准之外的首部人性化空中服务规范。服务法有六个部分:微笑服务法、亲情服务法、细腻服务法、延伸服务法、语言技巧法、应急处置法。"两条毛毯的故事"是乘务员口口相传的经典案例之一。有一次,航班上一位老年旅客刚落座,吴尔愉就拿着两条毛毯来到他身边:"您是不是腰不舒服啊?"她弯着腰微笑着问。老人满脸惊讶地看着她,点点头。"我给您垫两条毛毯吧,这样可以舒服点儿。"

二十多年的飞行履历,她创造了"零投诉"和"零差错"两个纪录。以她名字命名的"吴尔愉"乘务组,也是开了民航的先河。犹太摄影家沈石蒂说过:当你微笑时,一定比平时有魅力。吴尔愉的微笑,感染了乘务组里的"小吴尔愉""小小吴尔愉"们,蓝天上那些亲切的笑容,温暖着旅客的心。

吴尔愉工作很忙,活动很多,但一有空闲,她就拿起最爱的手工编织。生活中,她是一位旗袍爱好者。作为首批"海派旗袍文化大使"之一的她,身穿一袭得体的浅绿色旗袍,上海女性的优雅精致,被她演绎得恰如其分。当年,在首届上海国际航空小姐世纪风采大赛上,她夺得大赛个人金奖和单项最佳仪态奖,她说:"是旗袍给我加了分。"其实,选手中她年龄最大,但她自信地和年轻姑娘们同台竞技,她说:"作为空乘,不仅仅需要年轻、漂亮,更需要温馨、体贴,会照顾他人。"

鸡年央视春晚上海分会场,上海海派旗袍文化促进会的姐妹们集体走秀,不是明星的吴尔愉因其良好的气质,被列入耀眼的明星组并任组长。表演完,她换下礼服,穿上制服,容光焕发出现在新年的航班上。

蓝天对她有着不可抗拒的诱惑。一天深夜,她发来微信：我在天上，飞墨尔本……

从需要这份工作，到享受工作带来的愉悦，吴尔愉的笑容里洋溢着甜蜜和幸福。如今，她被聘为东航首席技师，执飞上航新引进的B787梦想飞机，继续"微笑天使"的蓝天之梦。

辛丽丽：辛苦着美丽着

说起辛丽丽，眼前马上浮现出舞台上如梦似幻轻盈翩然的芭蕾女神形象。

辛丽丽小学三年级被选入上海舞蹈学校，17岁毕业就进入上海芭蕾舞团，就此和舞台缠绵至今，演绎塑造了一个又一个经典芭蕾形象。古典芭蕾舞剧《天鹅湖》《吉赛尔》《唐·吉诃德》《罗米欧与朱丽叶》和中国民族芭蕾舞剧《白毛女》《雷雨》《青春之歌》等等，她用一双双舞鞋，使古今中外的芭蕾角色栩栩如生。

舞台给了她一切，她为舞台留下了传奇。

1987年，辛丽丽第一次参加国际比赛，就旗开得胜，获第二届纽约国际芭蕾舞比赛女子组第一名；1988年，在第三届巴黎国际芭蕾舞比赛中，与舞伴一起获得芭蕾青年组双人舞大奖。辛丽丽以细腻、抒情、典雅的艺术风格，为中国芭蕾登上世界芭蕾艺术的殿堂，迈出关键的一步。接下来的岁月里，她几乎囊括国内外重大芭蕾赛事大奖，也成为首批国务院特殊津贴获得者，荣获文化部优秀专家、全国三八红旗手、突出贡献舞蹈家等诸多称号。同时，她受邀担任上海国际芭蕾舞比赛、俄罗斯贝努瓦舞蹈比赛、南非开普敦国际芭蕾舞比赛等国际芭蕾大赛评委。

芭蕾，是她生命的一部分。她在舞台上腾挪跳跃，体会各种心境，释放着最优美的姿态。

1992年，辛丽丽在排练时半月板受伤，但她从来没想过放弃芭蕾。为了在舞台上不停地旋转绽放，她放弃的，是早已到手的美国绿卡。

即使浑身伤痛，她也要以最美丽的姿态向舞台告别。 2003年，在上海大剧院辛丽丽以《吉赛尔》泪别观众。

我见到辛丽丽时，她穿着宽松的橘色上海芭蕾舞团工作服，脖子上套着厚厚的围脖，不施脂粉，正在排练房和工作人员一起开会。我坐在她的办公室，喝着咖啡，欣赏着墙上的芭蕾照片，想象着女神舞台上的种种美妙。她来了，刚坐下没说几句话，又有人来找她汇报工作。我们的谈话就变得更随意更散漫了。

望着风风火火的她，我问："你觉得自己是个什么样的人呢？"

她顿时语速慢了下来，轻声说："我是个非常小资的人，追求极致，喜爱旗袍。"顿了顿，又说，"你看我的办公室就知道了，这些布置摆设，体现了我的审美。我总想把最美好的呈现出来，我不允许带着情绪工作，那是对观众的不负责任……"

2000年,辛丽丽当上了艺术总监。又十年,她成为上海芭蕾舞团团长。但她不习惯坐办公室,要找她只有到排练房。

从艺术家转型为上海芭蕾舞团掌门人,各种杂事都要操心。剧目建设,市场推广,人才储备,文化交流以及每年冬夏两个演出季,她都需要事先策划。"在外面好像觉得自己什么都能干,回到家就想躺下啊……"她舒展了一下身子,表情更柔和了。在家里,女神瞬间回归平常。床,成了她最渴望的依靠。

为了艺术,辛丽丽错过了女性最佳生育期,她没有孩子。她把团里的年轻人当作自己的孩子,每天监督他们练功,融不得一点点偷懒和差错,被学员们笑称为"魔鬼教练"。她觉得真正优秀的芭蕾舞演员不仅基本功必须扎实,更必须具备良好的文化素养。为帮助年轻演员开阔眼界,了解世界芭蕾舞的最新信息,丰富艺术修养,她带他们去观摩世界优秀芭蕾舞团演出,带他们参加国际芭蕾研讨会;带他们去听音乐会、看毕加索展;买来《巴黎圣母院》《茶花女》和茨威格的小说;带他们去见自己的文化界朋友……

一到比赛期间,特别是在国外比赛时,为保障演员的营养,每次排练结束后,辛丽丽又化身为慈祥能干的"煮妇",洗手做羹汤,当一道道美味又营养的食物端上桌,当年轻演员围着她叫"妈妈"的时候,是她最幸福的时刻。在她的培养下,季萍萍、孙慎逸、范晓枫、吴虎生等一批年轻芭蕾舞演员脱颖而出,截至2019年上半年,已有11位年轻人,在国际上获得芭蕾舞最高奖。国外的舞蹈评论家惊呼:"上海真成了芭蕾明星的生产基地了!"

"独乐乐不如众乐乐"。她坚持普及芭蕾,进行公益演出,为在校学生和老百姓开展普及芭蕾的相关课程和讲座。为让老百姓有更多机会接触芭蕾,上芭开设了"芭蕾之友"俱乐部,那是芭蕾舞迷们的天堂,在这里,他们听公开课、观摩演出,甚至自己跳芭蕾。

坚持艺术品质,是对自己的臣服;坚持享受生活,是对自己的温柔。

作为一个上海女人,辛丽丽是讲究的,无论舞台上,还是舞台下。辛苦着,美丽着,只因放不下心爱的芭蕾。

即使忙到睡觉成了奢望,她也愿意自己的生活有这样的美好:有一份固定的工作,并且有自己的时间享受生活,工作的时候认真工作,放松的时候就去美丽的海边休假。成为非常优雅的上海女人,勤劳地工作,典雅地生活。

谢丽君：人生不向花前醉

二十多年前，上海街头有位年轻的女子，睁着一双漂亮而迷茫的眼睛，踯躅着，张望着。

她是谢丽君，中国台湾布农族酋长后裔，曾一路顺风顺水，大学毕业后进入电视台，凭借智慧和美貌，不久在台湾就拥有"第一造型师"美誉，著名艺人赵雅芝、刘若英、林心如、王力宏等都是经她手打造一举成名。

在事业最辉煌的时候，因躲不过的情伤，她咬牙放弃了在台湾的一切，喜乐、悲情、名利，都被她收拾在行囊里，婉拒了亲友相劝，执意来到上海。她是香港回归后，第一批来到上海的台湾文化人士之一。那时，她的钱包里只有2000元。但她相信上海是她的福地，日新月异的上海有她的用武之地。

2003年，恰逢东方卫视招聘形象设计总监，她凭着扎实的专业功底，在众多应聘者中脱颖而出。三天后，被破格录取。这时，她口袋里只剩200元了。

有了展示才能的舞台，谢丽君如鱼得水，不久就成了上海滩著名形象造型设计师。之前，人们对此职业的概念止步于化妆师。是她，把一种全新的理念和生活方式带到魔都，她也与大陆十多家电视台签了造型设计合约。除了电视台的工作，一些时尚活动，也常邀请她去做指导。

2004年，她获得了上海市妇联"智慧女神"奖。官方的正式荣誉，让她感受到了上海的温度和大度。 2005年，作为上海代表，她出席了中法女性交流协会的活动。她还受邀到中央电视台教授形象专业课程，担任政府官员出席重大活动的形象顾问，为浦发银行、浙江广电集团等数百家国内外知名企业做员工形象培训，做制片人……

谢丽君在上海站稳了脚跟，拥有了江湖地位。事业上的成功，让她开始思考：如何把自己的专业惠及更广大的普通人群，让人们享受美带来的自信和愉悦？她开始了自己的公益之旅。她践行的公益理念是：美，文化，教养。

在一次慈善拍卖会上，她以无形的"个人形象造型规划"作为独特的捐赠，被一位企业家以15.5万元拍下。她常说，助人最快乐也最有福报。她还认领了一个自闭症孩子。她认为：公益不仅是一种生活方式，也是一种职业气质。

作为形象设计师，她平时的穿着新潮而不突兀；工作状态则端庄典雅，给人以一种淡然静美的感觉。多年来，她在复旦大学、南京大学、上外附中等名校做了几百场巡回演讲。

"不学礼，无以立"。她认为：从个人的自律到单位的合作，都须讲究谦和、礼让、按时、守信，而这要从小培养和灌输。2017年3月起，她在南京大学开设"大学生形象与礼仪"通识课程——校园生活礼仪、公共场合礼仪、职场商务礼仪、社会交往礼仪、跨文化跨国别礼仪等等；秋季，她又别出心裁把课堂搬到餐厅，讲授"西餐餐桌礼仪"。从理论到实践，这种寓教于乐的授课方式，让从1500多位报名学生中挑选出的60位学生大开眼界，课后纷纷留言："这次课程丰富了我对餐桌礼仪的了解，餐桌礼仪体现的是对用餐人的尊重，也是对生活和自己的尊重。""这次课程可谓是一次创新，不限于教室的讲解，而是来到餐厅，边体验边学习。我想，我会永远记得这次课堂的每个细节，时刻提醒自己要注重礼仪，向谢老师学习，成为一位优雅的女性。"……最近，她又受邀为全国最大的连锁幼儿园的园长和老师做形象礼仪培训，虽累，却乐此不彼。

谢丽君的专著《着装革命》，自出版以来，一直是女性的扮美宝典，著名媒体人袁岳也推崇备至。她的愿望就是让人们接受美，享受美，美美与共。

她匆忙地奔走于上海的街头，穿梭于全国各地，来往于海峡两岸。她也想从容地仰望星空，驻足林间，徜徉海边，闲坐庭院……但现在，这于她是奢望。她常感叹："在上海有忙不完的事，如果时间能够买就好了……"

有一份工作可以支持生活,有一份心情可以安放自己。一座城市对于一个女人的意义大抵如此吧。谢丽君是上海的宠儿,上海给了她全新的生命体验,她要把自己的感悟告诉台湾有梦想的年轻人。她常常用浓重的台式普通话说:台湾是我的亲妈,上海是我的奶妈,奶妈用她的乳汁养育了我,滋润了我,我要报恩,我要为海峡两岸做点事。于是,她想写一本书,书里有给年轻人的一点建议,一点忠告,还有一点细致的关怀和祝福,帮助台湾的年轻人到上海发展。

"人生不向花前醉"。忙碌如此,因为使命感,在外依然分分秒秒地认真着。就算朋友小聚,她也优雅地为大家分食布餐,微醺时,情不自禁说上两句上海话。回到家,看到茶几上精致的醒酒器,她明白:明天还要继续精彩!

邢伟英：把梦安在老宅

有些女性，你不能简单地去定义她，或者给她贴上任何标签；只有住到了她心里，才会懂得她一点点。不是她把自己包裹得紧，而是她的人生实在太丰满。

16岁以前，邢伟英一直生活在上海郊区嘉定几进深的老房子里。父亲是军人，常年不着家，母亲带着三个女儿在空旷的老房子里度日。家里没男人，母亲便刻意培养她这个老大，小小年纪，她成了母亲的得力帮手。至结婚怀孕，母亲来看看还需要什么，只见她已把一应都准备好了，且，都是自己手作的。

母亲培养了她坚毅宽容不认输的性格。16岁时，邢伟英和其他四十九名女生被选去当兵，学医。之后在舟山群岛拿了八年手术刀。她捧着青瓷茶碗轻描淡写地说"开胸开脑，不在话下"。有一天，她突然不愿待在那个小岛上，她想回上海老家。几经努力，她如愿以偿。

回上海后，她考进国家安全局，人们都以为她要走仕途了。确实,她的上升空间也很大。可是几年后,她又不想干了,有个叫梦想的东西经常在她脑子里跳进跳出。好说歹说,领导终于放她走人。她是个幸运的女人,也赶上了改革开放好时机,她顺利进入刚刚兴起的商业银行。在银行做事,自古是抱得金饭碗。只是,那个莫名的梦想又跳了出来。她从小有勇有谋且敢于冒险,银行百万年薪的美差,她最终也放弃了。

放弃的,是别人羡慕的;追求的,是自己念想的。她对嘉定宽大的老房子有一种天然的亲近感。房子是家的根基,而家于女人,则是温暖人生的主要场所。 2003年起,她开始关注老房子。

一次去苏州骑车旅游,拐进东山陆巷古村,看到斑驳的老屋墙面,她停住了脚步。这里是她夫家祖上的房产,是被唐寅誉为"海内文章第一,山中宰相无双"的明代三朝宰相王鏊的别府,虽有着480多年的历史,可是呈现在眼前的却是一派破败潦倒。她觉得自己有一种使命,要让这座老房子重新焕发出光芒。

她是个有梦想但不耽于梦想的人,为了修复老房子,她大量阅读古建筑书籍,拜访名师,甚至走进同济大学,与跟自己女儿同龄的孩子们一起上建筑课程。 15年内她对陆巷老宅进行了9次装修,甚至卖掉上海市区天平路的老洋房。老宅新生了,她又把心思放在了内核包装上,她想要的建筑不只是一栋房子,无论是豪宅还是简屋,须得有灵魂,可以安放自己的梦。现在,这所叫"会老堂"的建筑,被古建专家阮仪三称为"原地保护,修旧如旧的典范"。她在江湖也有了个响当当的名号:堂主。

邢伟英搭建好安梦的所在,便定下心来去看世界,去探寻与她的老宅同一年代文化背景下的世界文明。她不是普通旅游者,她喜欢文化之旅,她去台北访名人故居,去西藏观天葬;她去印度、埃及寻找中亚文化,秘鲁、伊朗、亚美尼亚古老神秘的街巷里有她好奇的眼光,非洲大草原上留下她东方女性的气息……至今,她已游历过四十多个国家和地区。

2013年她踏上了南极之旅,2014年去北极。在浩瀚寂静的世界里,她拿起相机拍下壮丽的极地美景和动物灵性的一面;她躺在船上一本一本地看书,齐邦媛的《巨流河》让她读得泪流满面,她笑称"和自己谈了一次恋爱"。她在地球最远的角落,留下了身着中国女性传统典雅服饰旗袍的倩影。南北极地之行回来后,她在上海中信泰富广场举办了摄影个展,并把照片义卖的全部收入捐给公益组织"爱飞翔乡村教师培训计划"。

作为著名摄影家,2014年她还跟随一个动物保护组织到阿尔金山无人区做志愿者。虽说是无人区,但不是谁想进就能进的。她是唯一被选中的女摄影家,另外一位女性是台湾的鸟类专家。阿尔金山无人区是野生动物的天堂,却是人类的生命禁区,而她几天几夜没有洗过澡,连每天早上刷牙洗脸的水都非常珍贵，但她享受的是和大自然亲近的过程。

2018年，她整理了自己修复老宅的日记，并将15年里对会老堂的保护过程进行梳理，写出了一部备受业内人士关注和好评的书：《五百年王者兴：明代老宅会老堂后现代纪》，2019年在巴黎书展上，成为让世界了解中国古建筑的载体。

她说："此生修复会老堂是最大的使命。"为这个老宅，她始终奔波在学习的路上，她去敦煌研究院研学，去安徽、福建参访各个修复成功的案例，外人眼里一切的奔波劳心，于她都是为了做一个最好的老宅守望者。

可以生猛，可以妖娆；可以日常，可以艺术。邢伟英让人明白，人的生命状态并不是一成不变的，关键是要有信仰，要有敢于去达成的勇气，然后，好好做，好好享受。

阎华：从"东亚圣女"到"克勒丽人"

人群里，阎华款款走来，高挑白皙，明眸皓齿，温婉从容，恰似一枝莲，姹紫嫣红中独显清濯，不由得使人想起一句话：可远观不可近亵。

阎华低调，尽管15岁时就被授予"东亚圣女"的头冠。那年，读初二的豆蔻少女，被千挑万选出来，担任首届东亚运动会的点火圣女，一时风头无二。她出身艺术世家，7岁就开始学音乐，《花仙子》《蓝精灵》《世上只有妈妈好》《一休》等耳熟能详的歌曲，经由少女阎华演唱，成为一代人的美好记忆。天生丽质加上良好的艺术修养，让她从小就脱颖而出。

15岁，从不经世事无忧无虑的少女到万众瞩目的"圣女"，她的成长路径被提前设定了。本喜欢搞怪说笑话的她，在别人羡慕的眼光注视下，有意无意地在天真烂漫里揉进了端庄大气的成分。她婉拒了所有出头露面的机会，把自己关进了书房，一日一日地丰盈着自己。她也没有报考驾轻就熟的艺术类院校，而是听从内心的声音，选择了华东师范大学中文系。丽娃河畔，她的身影是一道让人心动的风景。大三时，在"全国大学生网络主持人大赛"中斩获冠军，中央电视台向她敞开了大门，主持《同一首歌》等大型活动，更让她名闻遐迩。北京，成了她放飞理想和自由的一个重要场所，这个上海姑娘几乎就要留在北京了。然对色彩的敏感，却使她收住了远行的脚步。她想念起上海寒风中的一条红裙，阴雨里的一条黄丝巾，从小生活的法租界一带绿荫相接的马路，这些鲜亮明快的色彩，让她想离家近一点再近点再近点。

　　她回到上海，进入东方电视台。阎华本是美人坯子，盛名之下，各种机会不请自来，但她主动要求成为一名专题片编导，选择的第一个栏目就是"口述历史"，虽最终与这个栏目擦肩而过，但充分体现了她和文化的渊源。

　　东方卫视成立后，阎华从幕后走到了幕前，成为一名新闻主播。也许顺风顺水惯了，她想改变，于是任性了一回，放弃别人眼里体面的大好前途，只身赴美游学，她要去寻找自己。异国他乡的日子里，她写散文，考心理咨询师，慢慢理顺了头绪，找回了自己：放弃既有的一切，去艺术人文频道。她终于明白，文化和上海，是自己生命中必须坚持的精神支撑，如一日三餐，如阳光空气。她是个有着贵族性格的大小姐，可以骄傲地往前走，可以委婉地转过身，只为更明白自己的本性本愿。

聚光灯下,是她的职业,她挚爱的却是文学和音乐。《路过》《克勒丽梦》是她心声的呢喃。忙碌奔波中,想唱就唱已是奢望,但看到自己的名字被印成铅字,她会小女生般地悄悄兴奋。

为了更好地"虚度光阴",她为自己营造了一处世外桃源。"花间小筑"是她的书房,一个安心窝。在那里,她静静地释放自己,见自己想见的人,唱歌给自己听;在熙攘纷杂里,读书冥想,静听花开,逐梦而行。

那天,在贵都大酒店克勒门文化沙龙遇到她,淡雅的妆容,得体的装扮,流畅的主持,让人如沐春风。"克勒门"是一群热爱上海的人自发组织的一个文化沙龙,最初由《梁祝》的作者、著名作曲家陈钢和已故作家程乃珊发起,汇聚了一批海上文化名人——秦怡、白桦、陈逸鸣、白先勇、淳子、陈燕华、钱文忠、陈丹燕、曹雷、曹景行……他们下社区、进高校,深情演讲上海故事。渐渐的,每月一次的"克勒门文化沙龙"成了上海文化界的群英会,主持人阎华也由"东亚圣女"优雅转身为"克勒丽人"。

"Color Shanghai——美在上海"是"克勒门"5周岁时奉献给这座城市的作品。这台晚会从策划、导演到撰稿、采访,平日里十指不沾阳春水的阎华亲力亲为,被誉为"全能型女主人"。陈钢老师爱惜地说她"克勒门就是你的婆家"。问她何以乐此不疲,她说:"只想通过这样的活动展现出她所理解的克勒精神。"她觉得,当下没有必要去追溯和探究"老克勒"到底是什么,而应该定义我们这个时代的"新克勒精神"。"克勒"是色彩,是时尚,是美,是多姿多彩的城市节拍,是融会绵延的都市精神。对事物有这样独到清晰理解的人,我相信,付出时间、精力甚至金钱,都是再正常不过的。果然,为了"克勒门"这块文化招牌,阎华愿意倾情付出,同时致力于推动"海上花开——海派文化进校园"活动和面对更多年轻受众的"Color Shanghai",希望把多年来"克勒门"的精彩内容以更时尚的方式,分享给更多的年轻人、新上海人,让海派文化得到更好的传承。

文学和歌唱,是阎华生命中不可或缺的伴侣。每每独处,更是记录和抚慰情感的知友。"今年有三个小目标:写字、运动、唱歌",她笑逐颜开地说道。果然,在"玫瑰与蝴蝶——陈歌辛、陈钢父子作品音乐会"上,她一展歌喉,倾倒了听者。

为了弘扬传统文化,连续两年,她在顾村公园樱花树下,精心策划"樱花五弄下午茶""与樱共舞下午茶",让人们在赏樱的同时,品鉴一场春天的"诗词大会"。

我能感受到的就是:你若盛开,清风自来。

颜正安：被幸运女神眷顾的女人

演员、制片人、画家、教授、外交官夫人、美国妇女俱乐部荣誉主席……坐在龙柏饭店咖啡厅，我想象着要面对的是怎样一位女性。

一抹跃动的蓝色，在约定的时间恰到好处地出现在我面前。那一刻，所有的疑虑烟消云散。颜正安，正如她的名字所喻示的，端正安然，美得叫人心悦诚服，尤其是那一双清澈灵动的大眼睛，让人感受到善意、智慧和阅历的同时，忘了她的年龄。

15岁时，上海电影制片厂到学校招人，一眼相中了身材高挑漂亮端正的颜正安。出身书香礼仪之家的颜正安家学渊源，外祖父20世纪30年代就留学美国，后成为中央大学（现南京大学）教授。父亲颜和昌是中国第一位心脏起搏器研究发明者，父母希望独生女儿学医，然后悬壶济世，以一技之长安身立命。有位在上海美术电影制片厂工作的亲戚倒是劝说："去见见世面也好。"

懵懵懂懂的她就这样踏进了考场，她并不清楚这一步跨出去对自己意味着什么。在300多人的大考场，她看见一个非常漂亮的女人，拿着一本书过来对她说："等一下你上去读几段。"颜正安发现面前这位是当时大名鼎鼎的演员向梅。几天后，她又被通知去面试，这时只剩下十几位候选人了，其中就有后来的影视红星张瑜。原来，上影厂要海选一位长得周正、具有正面人物所有要素的红卫兵形象人选。

当时的颜正安，普通话说得并不标准，但是年轻的面庞充满了正气，洋溢着艺术氛围的家庭环境让她有一种与生俱来的独特气质。儿艺的老师来给他们排戏，别人都兴高采烈，她却觉得那些台词特假，人物很僵，于是拿支画笔躲出去画画。颜正安从小就醉心于画画，到现在，还把绘画当成"最养心的事情"。那时导演常常问："颜正安哪去了？"大家就说："她去农田里画画了。"阴差阳错，她最终还是成了女一号，只是因为政治原因，这部电影没有公映。

这期间，南京军区前线话剧团来挑人，颜正安为了让面临毕业分配的哥哥留在上海，决定自己去部队。同为医生的父母知道后非常生气但又无可奈何，部队的人到她家访问，他们淡淡应付。来人觉得奇怪，说："从来没有人对我们这样冷淡啊。"

颜正安去了部队，穿上了大肥裤腿的军服。但她是幸运的，作为工农兵学员被推荐到上海戏剧学院进修了三年，还参演了若干电影。成名很早，却还年轻。一次在部队听了一个报告，说可以报考文化部出国留学奖，这消息激发起了她在顺境中被压抑的对艺术的渴求。凭着良好的英语基础，22岁的她顺利考上了文化部出国留学培训班，其中搞艺术的有5位。

1979年，国门微开，外交部请的第一批外教刚刚来到上海。颜正安的先生季瑞达当时是上海仅有的25个美国人之一，也是他们培训班的英语教师。暖融融的灯光下，颜正安并不掩饰自己的幸福，她觉得一个人的命运都是安排好的，"我很幸运，一路走来都很顺"。

顺利考入美国纽约大学电影学院，她和后来获得奥斯卡电影导演金像奖的李安成为同学，他们用600美金买了两辆二手车，几个穷留学生横跨美国拍摄了《从东方到西方》。她和李安在校园里的年轻身影，现在已然是岁月留痕的经典。她独立完成的第一部电影《最后一局》得到老师的高度肯定，她从纽约大学电影学院顺利毕业。之后，她成为靳羽西《看世界》、美国《中国——西藏》专题片的制片助理，《太阳帝国》斯皮尔伯格的翻译和助理以及美国《探索》电视台中方制片人。事业一路上扬的时候，颜正安随同外交官丈夫开始四处为家，新加坡、香港、北京、成都，每个地方都会待上三四年。2005年，先生季瑞达出任美国驻上海总领事，颜正安正好随之回老家。

颜正安身份众多，但她最得意的身份是母亲。从小，她就要求两个女儿必须说中国话。其他的，她不强求。孩子们曾经很抗拒,和她争吵,她放下狠话:"如果不说中文,就不是我的孩子。"读小学时,她坚持把女儿们送到普通学校,为的是让她们融入到真正中国人的生活中。改变就在坚持中。大女儿16岁时,随父母从北京到上海,一口京片子的小姑娘,听说西藏有个叫里塘的地方,就起了去支教的念头。和妈妈一说,同意,打起背包只身就去了。我不禁问:"你不担心女儿的安全吗?"颜正安回答得稍显茫然:"好像没有哎,那时候……"一个学期下来,女儿对妈妈说:"真想待在那儿和那些纯真的小孩在一起。"去美国读大学后,每年暑假,女儿都带着康奈尔大学的同学去西藏里塘。

颜正安一直记得美国前总统老布什夫人芭芭拉对她说过的话:"教育可以使人重生。"现在,颜正安在母校上海戏剧学院担任客座教授,每星期三个半天。

"还回美国吗?"我好奇地问。"我先生在上海呀,他自己说啦,回去,吃是个问题……"这个幸运而聪慧的女人,把一个纯正美国人的胃,改造成了中式的。

伊华：随心随性最幸福

初见伊华，既惊讶于她的高冷，又被她的健谈吸引。面对她，你很难不欣赏她；面对她，不由得要想起尼采的话：每一个不起舞的日子，都是对生命的辜负。

她是个周身散发着能量和创意的人，也是个不按常理出牌的人。

20世纪80年代，她偶尔看到一则招模特的广告，于是，聚光灯下的T台上，人们羡慕的眼光中，她非常漂亮地走了一年半。她是上海第一代T台模特，但是父母反对。她父母都是知识分子，爷爷家是满族正黄旗，她原是名副其实的格格。

因为父母，她走上了一条所谓的正路：读书。毕业后，顺理成章地分到国家事业单位。她明白自己喜欢挑战创新的性格不适合按部就班的工作节奏，不久自己砸了铁饭碗，进入上海一家外资企业。从前台做起，三年后成为公司高管，月薪美金一千多，而身为高级知识分子的父母彼时工资才人民币1000元不到。

可她就是不走寻常路，不久，又骄傲地递上辞呈。

但她绝不是一个冲动的女性，她有自己明确的目标：在适当的时候披上婚纱。她很幸运，茫茫人海中找到了真爱，然而她又给了父母亲朋一个大大的惊叹。当年，她先生是一个小山村出来的穷学生，也是村里七十多年来的第一个大学生。她觉得这个男人特别坦诚，特别有安全感。在一片怀疑声中，这个集美丽智慧于一身的上海姑娘嫁了个凤凰男。结婚后，每年国庆节，他们都要回老家探亲，尽管到现在为止那里还不能保证365天都有水电。先生家的下一代，只要考上大学，他们出资抚养。先生在结婚20年时动情地说："本来以为她是件漂亮的外衣，没有想到她还是件贴心的内衣。"

女儿18个月时，东方电视台和福寿园都在向社会招贤纳士，她同时投了两份简历，同时被两家单位录取。当时电视台工资3000元，福寿园才800元。伊华想起外公曾经说过的话："人的一生最重要的，是能做自己想做的事，只有自己想做的事，你才会很珍惜很开心地去做。"她决定听从内心的声音，进入人们避之唯恐不及的殡葬行业（福寿园），因为她觉得这是一块未被开垦的荒地。这次，她的举动挑战了父母的底线，家里矛盾迭起。她对父母说："给我五年时间，我一定可以把殡葬行业的从业人员带上大雅之堂。"

为什么非要选择殡葬行业？"我是满族人呀，我有满族人的血统，满族人性格就是喜欢挑战，而且在重压下接受挑战。"伊华朗声说道,"我最擅长创意策划,二十多年来,我就做了一件事:传播。我要改变人们的思维观念:尊重生命,歌颂生命。"

伊华做到了。如今,她是中国现代殡葬创意策划第一人。福寿园人文纪念公园挂牌和人文纪念馆建设,则是她策划创意的代表作品。

2018年,她一手创建的福寿园生命服务学院成立,这家独一无二的学院是殡葬行业中的商学院。学院还和交大安泰合作,希望引入国际先进理念,目的就是集聚从业精英,培养殡葬行业的白领。40岁生日时她和父母说:"之前给你们的都是惊吓,但是,我没有让你们失望。"微笑和沉默,是伊华的两个有效武器。聪慧如她,早已明白:微笑能解决许多问题,沉默能避免许多问题。

她在行业里忙得风生水起,把整个殡葬业带向文化的高度。她创建的中国第一个人文纪念公园,成为行业的风向标。目前上海福寿园有840多位名人入住。人文纪念馆有三千多件藏品,其中不乏国家级文物,社科院专家说:"你们收的都是硬通货!"

"无知少女",是体制内对"无党派、知识分子、少数民族及女性"的综合性概述。如今的伊华,兼任上海党史学会副会长、上海国际友人研究会副会长。跨界,是为了更好地融入。伊华希望自己做个有社会担当、有人文情怀的社会活动家。

"好运气藏在你的实力里,也藏在你不为人知的努力里。"2019年初,伊华的大幅海报张贴在上海主要地铁站内,因为出色的工作热情和成就,她荣获了2017—2018年度上海市三八红旗手标兵。

成功的女人都懂得感恩,伊华毫不讳言生命中的三个贵人:老师、老板、老公。伊华不是明星,却如明星般包装自己,"我不仅仅代表自己,我代表的是整个行业!"她慢声细语,没有一丝职场女强人的强势。

在国内提升整个行业水准、改变人们陈旧观念的同时,伊华和国外同行的交流也一波接一波。她一直在路上。尽管很忙,但她基本不安排晚上的应酬,只要在家,10点睡,6点起。

伊华说:"随心随性最幸福。为了达到这样的境界,付出是必须的,只不过有的人成功了,而大多数人则在继续奋斗的路上艰难挣扎。"

每天早上,微信上读读伊华原创的心灵鸡汤,已成习惯。"推窗闻莲香,感受平常心。现代都市人有快速奔跑和叠加的能力,但或缺慢下来和做减法的能力,浮躁是有治愈方法的……"她减压的方法也很普通:腾出半天,逛街,喝茶,看电影,买几本闲书,和朋友聊天。最近在看的是净空法师的纪录片。她希望用祥和的正面的力量去面对消极,用自身的能量去调节浮躁。也许哪一天她失踪了,不是在朱家角的茶楼里独坐,就是在酒店里看书泡澡……

既可以在繁华处绽放,也可以在人群中独自美丽。伊华精彩过,精彩着。

余玲："爷们"世界里的"美丽女飞"

抬眼，只见一个修长文静的人影，笑意盈盈地出现在面前，明眸皓齿，瞬间粉碎了之前关于女机长的种种假设：彪悍、豪迈、男人味。

余玲，"85后"，吉祥航空第一代女机长，温婉中透着知性时尚，隐约还有一股同龄人少有的冷静。

高三之前，余玲和大多数女孩一样，做着各式绚丽的美梦，却没有明确的目标，更没想到以后的路，会和飞行联系起来。直到有一天，民航飞行学院到学校招生，她突然觉得：当个飞行员也很好呀！凭着良好的数理化成绩和身体素质，她被顺利录取。

那一刻起，她对蓝天有了向往，坐进机舱成了诱惑。

2008年毕业后，正赶上国内民营航空高速发展，余玲应聘进了上海吉祥航空股份有限公司。从一名学生到独自飞上蓝天的飞行员，其间的艰辛非常人所能体会。几年磨练，飞上天空前的整套程序，她早已烂熟于心，在最短的时间里，她顺利拿到了执照。

工作四年后,还未满27周岁的她就由副驾驶升为机长,三个多月后就开始带副驾驶,完成了从一位依赖者转变为被依赖者的过程。

第一次作为带队机长,余玲执飞的是上海至重庆航线,那离她的故乡四川自贡很近。我以为她会很兴奋,不料她说:读书时第一次上机,激动兴奋得难以自持,正式飞时已经很淡定。

想来,良好的心理素质,是一名女机长必须具备的条件之一。

余玲成为女机长时,全国民航女机长屈指可数,凤毛麟角。起初,当地面塔台从电波里听到她柔美而坚定的声音,惊讶之余,都会给她尽可能多的方便。"现在享受不到这样的特殊待遇了,因为女飞越来越多,已是业内常态了。"她开心地笑,言语里有作为女孩被宠的欣慰和骄傲。

余玲被喻为活跃在"爷们"世界里的"美丽女飞"。

2014年9月的一个夏日,她执飞上海浦东到深圳的航班,临降落时,却遇到台风"海鸥"肆虐。此时已是深夜,为避免哪怕万分之一的安全隐患,她果断处置,立即申请备降桂林机场,并在台风减弱后重飞深圳。飞行结束,已是第二天凌晨5点。

一次,突遇极端天气,按照惯例,她特意做了机长广播。不料,乘务员反映,有乘客投诉说:你们蒙人的吧?哪有女机长,一定是你们空姐冒充的。善解人意的她，为了安抚乘客心理，有时不得不请男性副驾驶代为广播。

余玲现在是Ａ类飞行教员，在上海有幸福的小家庭，丈夫是同学同行，也是机长，平日里聚少离多。"我比他早当机长"，说这话时，女孩该有的俏皮，显露于色。有时候和丈夫在天空中相会，也会换个频率匆匆说上几句。这样的空中偶遇，在他们是无奈；对普通人，则是别样的浪漫。

事业上，余玲已达到了一个高度，截止到目前，已累计安全飞行8000多小时，但她也想给家人更多的温度，有了儿子后，愈发感恩家人为她的付出，对生活也有了新的感悟。她会抽空为丈夫做一顿饭，尽量参与儿子的成长，安排家人乘她开的飞机去度假，"我有能力给他们做一个很平稳的落地"，女机长给家人的礼物有多么别致！

儿子未满周岁，余玲又飞上了蓝天。尽管飞行部照顾，让她尽量上早班，可是逢到寒冬腊月，哪个姑娘不想赖被窝？大年三十，谁不想和家人团聚？"有时候早上四五点就要签到。"余玲并不善言，但是这句话她强调了几次。听得出，她想尽力做个贤妻良母。

"女飞"的美丽，属于蓝天。唐代顾云有诗云：空中焰若烧蓝天，万里滑静无纤烟。驾驶舱，对她来说，就是风景最美的办公室。

极端天气下的沉着应变，风和日丽时的满足愉悦,都在这小小的驾驶舱里不断轮换。

飞机平飞后,余玲常常会被窗外的风景吸引,那棉絮般洁白的云朵,转眼上升的朝阳,雨后的彩虹,傍晚的落日,常常让她忍不住拿出相机,拍下美轮美奂的大自然风光。如逢正月十五,月亮美如银盘,她会调皮地用手捉住月亮,来个自拍。

职场人出差,坐飞机是常事。余玲出差,则是去把飞机开回来。每一年,吉祥航空都会从法国或德国引进320系列飞机,她也曾领命出差,去把飞机开回来。这一切,于她,已是稀松平常事。

张竞华：赠人玫瑰 精彩自己

她是一位老牌癌症病友，也是一位金牌癌症志愿者。她不是明星，却比明星还要受追捧。请她去讲课的邀约不计其数，热心的她有求必应。

仅在2015年，她就跑了34个城市，积攒了火车票78张、飞机票24张，汽车票更是多得数不清。仔细询问之下，我才知道她平均每个月在家时间只有四五天。在冬雨绵绵的中午，我见到了这位"大忙人"张竞华。她脸色红润白净，眉宇间透着自信和淡淡的满足。

1984年，风华正茂的张竞华被查出患了隆突性恶性淋巴肉瘤，这是上海的首期该病案例。虽然被恶魔悄悄绊住了命运的步伐，但她不愿做一个等吃等睡等死的"三等公民"，发誓要让自己的人生有个精彩大逆转。精神的力量在癌症治疗康复中的作用是无可替代的，在现代医学的帮助下，她奇迹般地康复了。

从此，她心系癌症病友，成了他们不离不弃的天使。她为自己取名"胜利竞竞"，开了"癌友之家"

"血液之友" QQ群,用自己的亲身经历和切身感受,鼓励和关心那些新病人:"你们的今天就是我的昨天,我的今天就是你们的明天!"

张竞华凭着爱和善,帮助了成千上万人,天南海北,国内国外。

二十多年前,上海通用汽车公司一位德国高官主动找到她,愿意每年资助她2万元,希望她在圣诞节和六一儿童节为15岁以下白血病患儿买点学习用品,并带他们走进社会,能像普通孩子一样有个开心难忘的童年。这份爱心事业,张竞华坚持了整整十年。最多时,她带着15位白血病患儿游览日新月异的上海。岁月荏苒,一些当年的患儿开始步入婚姻殿堂。

2012年起,她开始参与"有机生活——爱的希望"公益学习班。作为讲师,她通过身心灵的调整,帮助癌症病友打开心扉,提高生活质量,融入社会。仅仅两年,就完成了免费帮助一千个癌症病人的目标。2015年起,她又承诺要帮助一万个癌症病人重返生活的怀抱。

新加坡一位女性癌症病友,在接受了手术和放化疗后,陷入抑郁的深渊:"为什么会得这病?还可以活多久?"就在她心理快要崩溃时,无意中得知"有机生活——爱的希望"公益学习班。抱着试试看的想法来到中国,碰到了张竞华。短短10天,转机出现了。后来,张竞华到中国台湾开班,又碰到了这位病友，欣喜地发现她也成了一名志愿者。

有一位企业家，发现自己得了肠癌后，在家人劝说下将信将疑带着大包小包的药慕名找到张竞华。在参加了3天"有机生活——爱的希望"学习班后，他毫不犹豫地成了张竞华的义务宣传员。正巧，他的好朋友也查出得了癌症。于是，也进了学习班成为张竞华的学员。和朋友双双康复后，这位企业家对张竞华说："我要重出江湖，把赚的钱投资一部电影，名字就叫《滚蛋吧，肿瘤科》！"

"别人没有给你奇迹，你就自己去创造奇迹。既然死不了，就好好活。"尼克·胡哲的人生哲言是张竞华的座右铭。她从来不会为某个指标的高低纠结，而是用开放的心态与癌细胞和平共处。

举办世博会前，上海广招志愿者。56万的报名者中，也包括兴冲冲赶去报名的她。面试时，她需要做1分钟演讲："来的时候就很犹豫，如果说假话，心里很忐忑；如果说真话，我是个癌症病人……"

话音未落，主考官打断了她："癌症病人我们是不要的。你知道做志愿者有多累吗？"

张竞华说："我知道。但你们知道吗？我是个康复了26年的癌症病友，我相信可以用我的自信、热情和微笑为世界各国的游客服务好……"

见考官们不以为然，她讲起了故事："北京奥运会时，上海市癌症康复俱乐部袁正平会长带领208名癌症病友去参加奥运会开幕式。当时有个美国游泳运动员爱瑞克也是癌症病友,虽然他没有获奖,但是袁会长给他发了一块'抗癌明星'的特殊奖牌引起世界轰动。外媒说中国的癌症俱乐部就像是民间外交官,而我是这个民间外交官中的首席外交官……"她侃侃而谈,虽然演讲时限早已超过,但是会场内如雷的掌声彰显着考官们对她的认可。

最后,张竞华成为唯一注册的集面试官、督导员和培训员于一身的世博志愿者。她发誓:要成为最好的志愿者,绝不给癌症病友丢脸!184天的世博会,她连结婚纪念日都是在虹桥机场服务站度过的。世博会后,张竞华被评为"上海市优秀志愿者"。

在成为世博志愿者之前,她已经是中国台湾慈济慈善事业基金会的志愿者,还曾去台湾接受专业的志愿者培训。慈济在苏州开办医院,她每月都要去做两天的医疗志工(相当于大陆的志愿者)。她一直记得证严上人的静思语:"太阳光大,父母恩大,小人气大,君子量大。"

在口口相传中,张竞华成为许多癌症病友眼里名副其实的"明星"。许许多多人对她说:"你是我们的偶像!"她喜爱在大自然中走动,每年的三八妇女节,更要带着癌症姐妹们去踏青,"一定要去接地气!大自然是我们最好的营养师!"

现在,张竞华又开始计划各地的行程。她知道,有太多的人在等着她。即使严冬,她也隔雪跨冰为需要的朋友送上玫瑰。

张蕊清：幸福是不可言喻的内心体验

酷暑天，台风季，双休日。离约定见面的时间快到了，收到张蕊清发来的微信：学校有点事，上午在学校。晚点到，不好意思。

想想做老师真是蛮辛苦的，何况是位年轻的女校长。

1994年，张蕊清大学毕业，就到小学里当了一名语文老师，在三尺讲台度过了十多个春秋后，成了浦东新区金英小学校长、党支部书记，小学高级教师。又是十多年，现在，张蕊清俨然已是一名老练的教育工作者，不夸张地说，也算是桃李满天下了。

也许是和孩子们在一起久了，张蕊清无论是外表还是性情，都显得恬淡安静，一副与世无争的样子，在逐利的时代而无市侩气，难得。

张蕊清所在的学校，在市中心的老小区里，有人称之为"菜场小学"，学生基本是工薪阶层的后代，但在她眼里，每个孩子都是宝。每天，她早早在校门口迎接学生们，严寒酷暑、刮风下雨从不缺席。雨雪天，她为学生打伞、换鞋；每年台风来临，人家都往家里躲，她却放弃旅游、聚会，而要去学校看看，"不放心呀，其实也没啥事，就是要去看一眼才心定……"我的赞赏表情还未来得及完全绽放，她又轻描淡写地说，"像我这样的老师太多了，我实在是普通的……"

想象得出她和孩子在一起时的开心，孩子们也把她当成"知心大姐姐"。有一次学校征集学生们的"微心愿"，有的学生想当"小小升旗手"，有的"想和某某同学坐一起"，也有的"想和校长共进午餐"，还有的小朋友提出"想亲亲校长"……这些天真无邪的念头，作为校长，她都想方设法一一满足。她明白，每个人都是不可替代的个体，她尊重每个孩子。看到孩子们简单的愿望实现后兴高采烈的样子，她常常觉得有一股不可言喻的幸福，在心底汹涌。

她把学校当家，她要让学生们也把学校当成一个温暖的家。

2011年3月，一位学生的父亲突患重病，突如其来的变故，让本不宽裕的家庭一下子雪上加霜。得知消息，校党支部立即发出倡议，党员教师积极响应，"金英小学爱心帮困基金"短时间内应运而生！第一笔帮困助学金带着真挚的情意、滚烫的爱心和殷切的鼓励，送到学生手中。帮困助学金对于这个贫困的家庭来说，也许微不足道，但极大地温暖了学生的心田，使陷于绝望中的家人再次树立起战胜病痛困难的勇气，学生父亲含泪躺在病床上给学校写来感谢信。

即便是普通小学，她也要把美好的事物与学生们分享。2017年"六一"儿童节前，学生代表与她这个校长面对面，共进下午茶。这是一种全新的形式，师生一起有说有笑，在和谐融洽的氛围中，学生们渐渐坦露心扉，有的学生说出了自己的烦恼困惑，有的学生提出了很好的建议，而她作为校长，不仅鼓励学生们大胆说出自己的想法，更是想把"小小的我"和"大大的学校"联系在一起，让学生们把学校当成自己喜欢的乐园，在往后的人生记忆里，学校会是一方情怀的寄托。

学校并非世外桃源，社会上的恶习，家长素质的差异，学生之间的攀比，都让她头疼。有时候，老师好心课后为跟不上教程的学生补课，家长却不领情，冲到教室指责老师；排队编号到14，家长不满意冲进她办公室讨说法；有学生上课调皮影响课堂纪律，其他学生的家长在校门口堵住她，要求她把调皮学生换到其他班级……不知道看上去柔软文静的她是怎么面对的，但她确实处理好了。

法国人称"老师是人类智慧的使者"，张蕊清无疑是位智者。

这么烦，为什么不放弃？她想也不想干脆回答我："这是自己的选择，从没有想过要放弃。"

在校内，在课堂，在孩子们纯净的眼神和无邪的笑容里，张蕊清找到了属于自己的平静。有时候，她有点恍惚,是自己在教育孩子们,还是孩子们给了自己面对生活的热情?

暑假过后,张蕊清又走马上任,去到一所新的学校,"又要去重新面对新的一切,又要重新开始……",话语间,尽显小女子的娇嗔。

"学生们怕你吗?"我很好奇。"只要我一进教室,只要我一上讲台,我就是一名威严的老师;其余时间嘛,呵呵呵……"

明白了,我脑海里立马浮现出这样的诗句:"采得百花成蜜后,为谁辛苦为谁甜。"

张渊：风铃声中亲书画

高高的个子，白皙的肤色，明亮的眼神，温婉的谈吐，在古稀之年的女性中，是少见的。张渊，沪上著名花鸟画家，被誉为当代最优秀的"绿色女画家"之一。她出生于上海郊区莘庄一个家境优渥的绘画世家，父亲张守成、母亲陆秀平当年都是吴湖帆的得意弟子。舅舅陆抑非，则被誉为近代花鸟画"四大花旦"之一。父亲和舅舅都是上海中国画院的首批画师。在这样的家庭氛围下，张渊从小吸吮法乳，耳濡目染，加之兰心蕙质，留心翰墨，被父母视为掌上明珠。

张渊小时候，家里常常高朋满座，研墨挥毫，切磋画艺。张渊也常随父亲去太先生吴湖帆的"梅景书屋"观摩古画。可惜，这样充满艺术气息的生活，在她15岁那年戛然而止。父亲被戴上"右派"帽子，原本安宁和谐的生活一下子像绷紧的琴弦，奏出了走调的乐声。当时她刚刚初中毕业，因为父亲的问题，从此既不能升学又无法工作。父亲说："没路走了，还是学画吧。"也许这就是命运的安排。

还好,她的心田里早已经种下墨缘,父亲更是为爱女请了画坛诸多名家悉心教授。但正值妙龄的张渊一心想读大学,舅舅好心劝说:"你考美院干什么?美院要上体育、政治等等课程,毕业出来的学生,雕塑系的只能到宁波乡下去雕马桶箱子。你家里这么好的学画条件,就安心在家学吧。"可是,张渊不甘心,在她年轻的心里,觉得自己画得再好,也不会让她得到一份体面的工作。从1959年到1966年,她每天刻苦地学画、练书法、学篆刻、读书,但却是个彻底的"社会青年"。

父亲张守成的书房名为"天平楼",家住天平路固然是原因之一,但更深的因素则是希望天下太平、上天公平。"文革"开始,"天平楼"不再太平,一批一批的红卫兵来抄家。张渊不能画花鸟山水了,那是资产阶级的东西。为了能够画画,她就画泥塑收租院,画革命样板戏,这样至少还有研磨提笔的机会。除了画画,她只能去做临时工、支援工、代课。支援工是一个连临时工也不如的身份,却要在活儿最忙时随叫随到,还要在烈日暴晒下手握铁锤敲石子度日。

在父亲和一批德高望重又各具绝艺的前辈悉心指导下,张渊暂时忘却了现实中的烦恼,沉浸于艺术带来的愉悦中。19岁时,她跟着画院的学生自费去苏州东山,半天劳动半天写生,清理猪塮、挑土、挖慈姑之余,她完成了一个写生手卷。回沪后,她带着习作上"梅景书屋",太先生吴湖帆见之赞许不已,欣然题写了"东洞庭山图张渊画时年十九"的款字。21岁时,她临摹了《杜甫诗意百图》;后来,她还临摹了元代黄公望《富春山居图》……

画画,一直伴随着张渊的人生。

1972年,上海第二军医大学要出版《野战外科手术图谱》,面向社会招聘绘制人员。一心想找份正式工作的张渊就去考,以她的水平,毫无疑问顺利考上了。不久,第二军医大学调防到西安,张渊随之去了西安,在那里勤奋工作了一年,完成了《野战外科手术图谱》的绘制。回沪后,正巧上海科学技术出版社要出版《外科手术图谱》。当时的局面是会画的不懂医术,而学医的又不会画,于是张渊从28岁到36岁,整日埋首于日光灯下绘制医学图,经常要去医院手术室观看手术画速写。白天,在单位画医学插图,晚上回到家,就画喜欢的花鸟山水。这样的作息似乎平衡了她对现实生活的绝望,也稍稍满足了她对艺术的渴求。

苦尽必甘。 1982年张渊从上海科技出版社调进上海交通大学文学艺术系, 1983年,张渊的作品《松林月明图》就被收入《中国女画家作品选》,还出版了《怎样画丹顶鹤》《写意山水花鸟技法》及同名艺术教学录像带《天平楼画集》《张渊画集》等。1987年始,曾多次受邀访问日本,举办中国画讲座及个人画展,马来西亚、新加坡、美国、新西兰、澳洲、欧洲等地，也是她应邀访问讲学、举办个人画展、旅行写生的目的地。书画金石大家钱君匋曾评其"花鸟、山水、人物无不擅长"，特别赞誉她的山水画"笔墨蕴逸、苍劲妍润兼而有之"。之后她又陆续出版著作五本并于1997年晋升为正教授。

2010年夏天，同时在台北故宫和北京故宫展出的《富春山居图合璧大展》，众多画坛名家争相点评，轰动海内外。她却静坐"天平楼"，畅游于书山画海之中，不附和，不争辩，尽由众人口吐莲花绘声绘色。当年，太先生吴湖帆为她题写"丹澄女弟"之名号，就是期望张渊在丹青修为和人格修养方面，达到更高的境界。

如今的张渊，更淡泊于名利物质，却更惜时惜福。她最喜欢风铃。数次赴日本讲学办展之余，带回了心仪的各种风格的青铜风铃，作为一名有着细腻心思的女性，她为自己的书房取名为"闻铃精舍"。画画之余，她最喜坐在午后的阳光里，在轻微而清脆的风铃声中泡一杯茶读书，《孙过庭书谱》和《蜀素帖》是必定会拿出来读一读和书写一下的。出门旅行，她带上 iPad，里面存着资料，闲下来看看、写写、画画。

赵静：水到渠成的精彩

赵静是20世纪七八十年代的当红明星。端庄秀美的鹅蛋脸，雍容亲和的仪态，优雅矜持，正剧旦角最佳，痴头怪脑的电影，是不适合她的。

赵静出生于一个干部家庭，从小学业优秀能歌善舞，高中毕业时，学校宣传队老师对她说：我带你去考艺术团吧。就这样，她被河南省曲艺团录取，轻而易举成了一名曲艺演员。赵静嗓子好，花旦老旦什么都唱。1976年，上海电影制片厂去河南拍电影《新风歌》，要找一名河南籍当地演员。导演亲自带队看了许多演员都没相中，最后一天，给摄制组开车的司机说：我再带你们跑一个地方吧。司机的一句话，让导演如愿以偿，也改变了赵静的人生方向。当一行人来到河南省曲艺调演大会时，赵静正在午睡，被人叫醒后，简单洗了一把脸，稀里糊涂来到一群陌生人面前，只见一个人对她说：唱一段吧。后来赵静才知道那是导演。赵静拉开嗓子就唱了一段河南坠子。第二天又被叫到剧组住的地方，导演给了她一大段台词，说念一下吧。这一唱一念，注定了大银幕上要有赵静这个河南妹子的一席之地。

果然不久，赵静听说上海电影制片厂要调她。当时，她正准备随河南省曲艺团去北京汇演，连忙表示：年轻人应该干一行爱一行，愿意做一颗革命的螺丝钉。上影厂领导觉得，这是棵革命的好苗苗，必须好好栽培。于是四上河南，终于把赵静调到上海。

当年，赵静主演的《冰山雪莲》《海之恋》《街上流行红裙子》等几十部影视剧红遍全国，成为全民偶像。她是个追求完美的人，每个角色都很用心，因此，接拍的影视剧并不是很多。1985年，正当在银幕上风生水起的时候，她考上了北京电影学院明星班，和唐国强、宋春丽、郭凯敏等成为同学。学无止境，她想做得更好。

是明星，总会让人有所想象。

但你能想象得到赵静和200多名群众演员一起吃盒饭、挤在同一个化妆间里化妆候场吗？2015年，为了纪念中国人民抗日战争胜利70周年，宝山罗店要排一台大型抗战史诗剧《血色丰碑》，主办方找到赵静，她没有犹豫就答应了，绝口不提任何要求。每次前往罗店，地铁单程就要2小时。时值酷暑，有一次，她听到有人悄悄说："这个人好像是演员赵静？"另外的人说："怎么可能？明星怎么会和我们一起挤地铁？"排练现场，她更是毫无明星架子，只沉浸在角色中，陪着当地群众演员，一遍又一遍认真排练……人们纷纷赞说:"这才是真正的德艺双馨艺术家!"

赵静仪容端庄,音色甜美。自1999年于北京在交响乐伴奏下和著名演员陈少泽一起朗诵《田野放歌》获得好评,其朗诵、主持和声乐方面的天赋一并凸显,从此在公益性朗诵的舞台上大放光彩。

"演员是文艺工作者,是公众人物,不仅要有艺术修养,还应具备道德素养,这样才能把握好自己,演绎好角色。做好自己,不给社会、单位和家人朋友添麻烦,在没有贡献的时候,这就是贡献。"赵静说这话时很认真,绝不会让人感觉是在冠冕堂皇说正确的假话。她曾获上海市三八红旗手、上影集团新长征突击手、优秀党员等荣誉称号,有这样的境界也就不足为奇了。作为享誉甚高的明星,赵静的低调,成就了自己的修养和良好的社会声誉。正如《菜根谭》所言:地低成海,人低成王。

赵静毕竟是明星。20世纪90年代,她的粉丝就为她开设了"静姨吧",或许是被她的温婉大气感染,她的粉丝大多是理智冷静型的。在上海大剧院演出《血色丰碑》时,有个女孩从江苏宿迁赶来,特意带来了她爱吃的点心;还有个山西女孩,见了她不喊不叫,只是给了她一个U盘,里面是她所演的全部角色和照片;再有个从河北来看她演出的女孩,自己买了最好的票并安排好住宿,见到心仪的偶像后,送上鲜花和一幅十字绣,绣的赵静惟妙惟肖。赵静知道女孩来自农村，心里很过意不去，一定要请女孩吃饭，还买了礼物点心让女孩带回去给父母。香港也有个粉丝，数十年来，保存了所有刊发赵静文章和照片的报刊，有的连赵静自己也没见过……

　　赵静自觉无以回报，只在心里默默感恩。借用网络上颇流行的一段话：我以为别人尊重我，是因为我很优秀。慢慢地我明白了别人尊重我，是因为别人很优秀。优秀的人更尊重别人。对人恭敬其实是在庄严你自己。

　　日常生活中的赵静，没有助理，不请保姆，大小家务全都自己做。进出电梯，总是侧身让别人先走。那个冬至夜，收到她发来的饺子图片，附言是自己擀的皮盘的馅……这就是明星正常的生活。

　　赵静有慧根。退休后，她又拿起画笔，把心中的美好都铺泻到宣纸画板上。一个月就画得连内行都称赞不已。她的画作曾随中国文联代表团参加中法艺术年在巴黎罗浮宫展出，也曾在艺博会上被有缘人士收藏。2014年，她拜在国画大师陈佩秋先生门下，成为大师入室弟子。赵静不做作不刻意，每一次的精彩都是水到渠成。

　　在神秘园乐队演奏的"You raise me up"甜美柔静的乐声中，我想象着银幕上的赵静，还似乎闻到了那盆饺子馅的香味。

赵珮莉：安心守护传统文化

走过世界主要文明先进的国家，尝过百味，看过千山万水后，珮莉最终还是把家安在故地上海。

珮莉本是上海女子。大学毕业后，也曾经心随意走，一心要走出一条自己的路。她开过公司，非常成功。但夜深人静时，每每仰望天空，她渐渐不安，人生难道就是不停地追逐利润？难道就是在不断增长的数字面前消磨余生？钱再多，失去了精神的慰藉，没有了心灵的丰盈，人生是空虚的呀。

她决定走出去，看看别处的风景，她要想想以后该在哪里停留，何处才是自己理想释放的所在。

有道是：心安处即为家。逛了一大圈，珮莉有所开悟：最爱的还是自己的出生地，还是自己为之奋斗过、茫然过、欢喜过的上海，那里有亲人的牵挂，有自己的事业，有柴米油盐，有笑声和眼泪……更重要的，上海是她理想的出发地。

也许是从小受到家庭的熏陶，珮莉对中国传统文化情有独钟。虽然学的是环境专业，也一直从事环保行业，但她偏爱历史，平时爱读中国古代小说和诗词，《道德经》《庄子》《论语》《坛经》《诗经》等都是案几书桌上的必备。几年前，一个机缘巧合，她得知上海交通大学正在筹备老子书院，怦然心动，冥冥中觉得找到了暗合自己心思的宝地。几经思考，她毅然决定把做得好好的公司交由他人打理，自己则投身到传播传统文化的行列中。

金桂飘香时节，在老子书院弥漫清香的教室，珮莉递给我的名片上印着"监学"的字样，见我疑惑，解释道："就是现在说的教务长，我愿意为同学们做一些力所能及的事。我们老子书院的愿景是：培养中国君子式的企业家。我们的课程将传授道家思想智慧、传播和传承道家文化……"珮莉甫落座，便侃侃而谈。

"先秦诸子是中国文化的核心，道家文化则是先秦文化的主干、大宗。道家思想揭示一切事物生成发展的奥秘，让人在积极进取的同时，又保持对事物的敬畏和良好的心性，使人具有超越时空的境界和把握能力。西汉史家司马谈《论六家要旨》就说：先秦文化以阴阳、儒、墨、名、法、道德六家为主，除道家外各有利弊，唯有道家汲取各家之长又规避各家之短。"珮莉真诚地说着，我的眼前飘过传道士一步一步朝着光亮走去，俯下身子汲水而饮，然后整理一下长袍继续前行的画面。望着她坚毅的目光，又一个词跳出我的脑海：苦行僧。

"当代人多浮躁，诱惑也多，学老子有什么现实意义吗？"我在心里问。

珮莉看出了我的心思，说：现实中，许多人到中年者，虽事业有成，财富充裕，精神上常常陷于空虚、迷茫、焦虑不安，在孩子教育上也遭遇代沟，发现孩子人格气质有待完善，精神修养尚未形成等诸多问题。而揭示宇宙万物发展规律的道家思想，正是培养人格品质稳定的良法，是解开修养之道的密码。中国传统的道家智慧可以告诉我们突破的方向，让闻道者在道家思想中汲取天地光华，突破今日世间种种生命常态之束缚……

珮莉给我讲了几个鲜活的例子。有位十多年前美国名校毕业的女同学，早已取得美国绿卡，是宾夕法尼亚大学的主考官，事业家庭都令人羡慕，但是身子累坏了。回国后，在老子书院学习道家文化，加上运用《黄帝内经》慢慢调理，恢复后一心向道，甚至想要放弃美国绿卡，目前在陆家嘴做公益读书会，定期组织年轻白领学习《道德经》。

还有一位财务精英，参加书院学习后，逢人便讲他是如何运用道家精神处理日常困惑，改变不了世界，他便在自己的企业里定期开展读书会，想让身边的人都感受到中国传统文化的恩惠……

为了这些学员，珮莉常常放弃休息日。但家人早已认同她的理念，老了三宝：一曰慈、二曰俭、三曰不为天下先。这是家人都认同并知行合一的。当然，休闲日珮莉也会换上汉服唐装,陪伴家人共享天伦。

想象着桂子旁落,暗香浮动,学员们在老子书院"玄同茶馆"抚琴吹箫、品茶读诗、聊生活、开智慧,从容面对工作学习生活。而珮莉,或人前忙碌,或隐于帘后⋯⋯

周合：让这个城市有歌声

周合几乎是踏着音乐的步子从旋转门里进来的。一头利落的短发，掩盖了她的实际年龄，平添几分活泼和活力。

周合出身于部队家庭，13岁时，随父母从四川到上海，慢慢融入上海，爱上上海。她从小在部队大院长大，身上有股不怕输的劲头。

周合成长一直都特立独行，她曾在当年上海最大广告公司从事平面设计，后来进入著名的少年儿童出版社做编辑工作，那时她就是有名的儿童插画家。后来，她调到华东师范大学出版社学前教育分社担任社长，负责过教育部课题《儿童分级阅读策略研究》，担任过新浪网育儿频道顾问，也为联合国儿童基金会工作过，多次去贫困地区做支教工作，写过《贫困地区儿童阅读调查》。

周合是一个艺术家，曾在德国与美国举办过艺术展览，其作品还进入纽约佳士得拍卖行，但她更热爱儿童，所以选择儿童艺术教育研究。她概念清晰，逻辑缜密，重视自我学习。她说自己从艺术家到儿童发展研究者的重要转型，是读过卡耐基基金会主席波伊尔的《基础学校》，这本书改变了她的人生。

周合是出版界著名编辑和策划人，曾是《小朋友》《大头儿子小头爸爸》《365夜故事》等策划编辑，业内闻名。刚退休时，法国时尚出版阿榭特出版公司，高薪聘请她担任儿童出版策划总监，经过反复思考后她婉言推辞了，毅然而然选择去北京师范大学教育经济管理研究所攻读博士。她觉得只有学习和广泛阅读，才能在职场不断"突围"，创业积累知识储备，才是自己人生的目标。

一切学习是为出发做准备，进入北师大学习的那年，周合去捷克度假，她在布拉格突然被一阵美妙和声包围，只见一群小伙子从身边缓缓走过，无伴奏合唱纯净的歌声，瞬间感动得她热泪盈眶，她说："音乐的魅力就在那一刻植入梦想，我要为之奋斗。"

周合曾多次去意大利、德国、奥地利、美国考察艺术教育项目，参加各类音乐工作坊，还在英国、法国、西班牙、希腊、印度、墨西哥等大量采购儿童音乐CD，最让她着迷的是意大利安东尼亚诺童声合唱，这个世界著名童声合唱团，因为演唱意大利原创儿童歌曲，被联合国科教文组织列为意大利文化保护项目。

周合说："意大利人能做到，我们中国人也应该做到！上海是国际都市，不是高楼林立才是城市特点，应该首先让儿童的歌声在上海四处而起，这样的上海，才有色彩和温度，才能让上海家庭有文化归属感。"

周合决定自己创业，她要为上海打造一个看得见的儿童音乐中心。2013年她卖掉一套房子，拿出了全部热情，创建了"快乐小马合唱团"并投入到音乐创作中。她重视原创，也重视2—12岁儿童音乐启蒙教育，她从美国、德国带回大量音乐教材进行研究翻译，建立2—12岁合唱音乐阶梯课程，之后又建立儿童音乐教师培训机制。

2015年，她创作的爵士演绎《上海童谣》，获得中央电视台儿童频道原创音乐一等奖。2016创作的《小星星》获得编创等三项大奖，连CCTV现场摄像都忍不住说："我们太喜欢了！"著名主持人鞠萍说："快乐小马合唱团是我心中不可替代的所爱，而且应该走向国际！"2017、2018、2019年，她创作的《色彩的翅膀》《我的是快乐的小马》《水滴》连续五次获得CCTV儿童频道原创音乐及编创大奖，全国无人能及。

"有几首作品留下来，一辈子足矣！"周合看上去很满足。"我是很早玩苹果电脑的人"，她骄傲地这样说，"我的微博标签是八十岁也要天马行空"。她还说："终生学习，不断尝试新事物，生活才会彰显活力。"

作为一名资深儿童读物编辑、艺术家，她在颇有成就时,没有坐享其成,而是退休后选择创业,当问她怕不怕失败?她回答:"不怕!即使失败,也可以写作,可以重新开始当代艺术创作。"

如今,快乐小马合唱团已经成为一个优质音乐教育品牌,获得业内一致好评。每当小朋友站在耀眼的舞台纵情放歌时,周合说:"除了感恩整个小马方阵团队,感谢小马家长俱乐部的信赖,更要感谢快乐小马一批优秀教师和音乐创作团队,我热爱的上海,才能听到孩子们天籁般的歌声……"

周卫红：有温度的女董事

周卫红出身厚学之家，从小饱读诗书，眉眼处，话语里，自有一番沉静从容。

大学毕业后，她以优异成绩顺利进入当年许多人羡慕的外企，成了风光一时的"奥菲斯"小姐，从此开始使用外祖母给她取的英文名 Ella。

人的命运转折有时候就是偶然。她偶然遇到了大学时的老师，也就是当时春秋国旅的总经理。老师惜才，邀她加入春秋旅行社。

20世纪80年代初的春秋，2平方、3000元起家，以帮助知青就业为本愿。到90年代中期，春秋已进入稳步发展期，急需高质量人才。那时人也单纯，碰到识途老马，只会感恩。Ella当时很清高，"钱"字是万万说不出口的。因着老师的盛邀，一口答应了。后来老师无意中从他人处得知，她到春秋的薪水是原来的一半都不到，感动之余，认定了这位看似娇弱的学生是可塑之才。于是，她被送到瑞士参加IAPCO培训，那是会展业顶级培训，一天就要一万多元。数十年的打拼竞争,春秋渐渐在行业中脱颖而出, Ella也从一个青涩的职场白领,蜕变为业内翘楚。2001年公司改制,她成为股东之一,且是年轻的高管中获股份最多的。

Ella来不及欢喜,只是觉得离梦想又近了一步。

F1方程式赛车正式进入中国前,她就参与了这项顶级赛事的市场推广和宣传。推广初期,有位报社老总悄悄问她:"F1和F4有何区别?" F4是当时台湾一个偶像组合,风靡一时,男女老少都被里面几个干干净净的小男生迷得神魂颠倒。为此,她在《新闻晚报》上开辟了"我爱F1"专栏。这是她的一个重大跨界。

领队、导游,这是一般人接触到的旅游从业者。在她眼里,旅游是一个大概念。她非常感恩社会以及老师给她提供了职业发展的舞台,让她可以挑战自己。

她最擅长的是"人的移动"。2008年,春秋组织了成千上万人次观看北京奥运会不同场次的比赛;2010年世博会期间,她坚持服务理念,把接待高端客户纳入业务范围……每次有重大活动,特别是接见外国宾客,她都穿上旗袍,在别人羡慕的眼神里,带着些骄傲道:"我是上海女人呀……"

作为董事,有时她也是主考官,面对应聘者,她独辟蹊径,问:"喜欢玩吗?喜欢旅行吗?"

她说:"要做个有温度的董事。"单位里发了土特产，她告诉刚成家的小姑娘："回去送给婆婆"；作为长宁区政协常委，她提出"机场早航班的应对""安检级别的提升"的建议；她参加市工商联组织的"东西部扶贫协作和对口支援工作培训班"，代表公司向上海驻昆明办事处捐赠给援滇干部家属免费机票；每星期五，她倡议发起的"旗袍值日生"，成了公司一道亮丽的风景，也无形中成为公司的一个品牌……无论公私，她都给人温暖的力量。

其实，离开职场，她就是一位文青。喜欢安静，身为董事却从不应酬。她倡导有温度的服务。她会邀请客户去看舞剧《朱鹮》，听交响乐，喝咖啡，却绝不肯在酒桌上左右逢源。

除了写作，她还喜朗诵、徒步、摄影，最爱则是旅游。她偏爱欧洲，捷克去了五六次，正因为对米兰·昆德拉的喜爱，她和捷克驻沪总领事成为朋友，也促成了春秋航空与捷克最大OTA的合作；在巴黎，各色咖啡馆里，她会坐上半天；最近，她留恋在草原，骑马、拍照、写旅行日志……职业经历让她懂得怎么更好地玩。有时候，周卫红也会骄傲地说，在机构改革之前，自己就已经在公司里倡导诗与远方的结合了，因为她觉得：文化会使旅游业更美好。

情怀，是她追求的境界。她希望尽一己之力，用自己的温度去帮助到需要帮助的人，点燃她人内心希望的火焰。

2011年，她第一次踏足新疆帕米尔高原，就开始牵挂那片土地和那里的孩子了,她开始一个人做公益,帮助贫困学生,然后带着朋友们一起做,直到2016年,她向民政部门申请,成立了"温暖帕米尔"公益组织。现在,每年有204个孩子接受来自海内外160多个爱心人士的帮助。她自己帮了11个孩子。她从皮夹里翻出一个塔吉克小女孩的照片,欢喜地说:"这是我的女儿,小姑娘初中二年级了!"

曾经,在看望孩子们时,她无意中问:"你们读过什么童话呀?"孩子们一脸迷茫的眼神让她心疼至极,老师说:"他们不懂什么是童话。"于是她又帮助新疆塔县的乡小学建立课外阅览室,每次向学校捐赠约500本维汉双语读物,想用美好的愿望打开他们的心扉,让孩子们多点快乐,感受温暖。

为了鼓励帕米尔学生能够更勤奋学习,Ella从前年起,专门出资成立了奖学金。她相信,对于这些孩子,良好的教育,会改变他们的前程。前几年的春节,她和朋友们为帕米尔高原的学生捐赠了5000双手套。温暖,是她能够给予的。

在她的影响下,许多机构和个人都加入进来,甚至有客户受她影响,也为边疆少数民族学子设立奖学金……

"奋斗青春 挚爱中国——诗与远方朗诵""最美的时光 旗袍下午茶"……事业、生活、公益,都是她生命里非常重要的内容;亲情和友情,也是她心底最温暖的部分。

夜色阑珊,寒风骤紧。临别,她体贴地按住自动门,柔声说:"太晚了,路上小心。我家住郊区,在一个有鸟叫的地方……"

"早安,亲爱的世界",是她每天对自己的问候,也是对生活的感恩。

朱丹：定位在副驾驶的智慧女人

她算不上美女，特别是现在小脸盛行的年代。但那又怎么样？她照样活得风生水起，尽情致性。因为她有信仰，有智慧，有女性的敏锐细腻及一颗追求真善美的年轻的心。

朱丹出身于知识分子家庭，因留恋校园的单纯，大学毕业后留校当了几年老师。彼时西风东渐，她终抵不过外面的诱惑，走出了樱花盛开的珞珈山，去到大洋彼岸攻读教育学。人的一生，面临诸多选择，每一步，都是不可预知的未来。在异国校园，她结识了一位荷兰同学，之后她选择远嫁风车之国，同时也选择了跌宕精彩的职场之路。

在郁金香国度荷兰，她进入一家珠宝企业卖钻石；不久被一家荷兰大企业派回国内负责市场拓展，简单说就是卖糖，仅仅一年，她执掌的上海的销量就占了整个国内市场的三分之一。她服务过许多知名外企：美国花旗、英国汇丰、德国西门子、荷兰飞利浦、法国阿尔斯通、印度苏思兰、以色列安道斯，还有强生、拜耳、戴尔、葛兰素等等。在这过程中，她发现了外企在中国容易犯的错误，同时也发现了自己的优势。1998年，她开始自己创业，专门做人才选拔培训，把专业服务卖给外企。十几年来，她引进国外优质资源，成为业界人才服务翘楚。从卖钻石卖糖到卖服务，朱丹完成了职业转型，找到了自己的人生定位。

近年来，随着中国对欧盟海外投资的不断增长，她率领安特卫普管理学院欧中中心与国内诸多行业协会开发了一系列C级人才培养计划，为培养国际化人才走出了一条新路。问她怎样才能做一个成功的女性？她脱口而出："没觉得什么成功呀，我给自己的定位是副驾驶，那样多舒服呀，可以看看风景，可以影响一下开车的，哈哈哈……"她几乎笑倒在沙发上，我对职场女强人的习惯性抗拒瞬间烟消云散。柔和的灯光下，无端地想起一句话：自信的女人最美。

朱丹现任中国欧盟商会人力资源工作组主席、张江平台研究院副院长，上海市委党校第一分校、浦东干部学院及国外一些大学的兼职教授。这么多头衔，一般女人怕是应付不过来的，朱丹却是游刃有余，分寸拿捏得恰到好处，且享受着。

职场风光并不意味着人生成功。朱丹从小就浸淫于中国传统文化，又接受过欧风美雨的熏陶，非常注重个人修养和家庭氛围。平时在家临摹字画，相夫教子，亦喜欢在阳光下种菜拔草看看花鸟。小处情调，大处情怀。红颜 BOSS 的日常，除了专业，还有活色生香的时光。

偶得闲暇，朱丹还喜欢逛市场，特别是菜市场和珍珠市场。买布料，找裁缝，做佩饰。为了符合职场需求，她对自己的行头也是用足了心的，"料子得挺括，功能性要强，比如要有大大的暗袋，可以放置手机之类的小玩意……"她边说边比画着。那天，看她一袭合体中西式长裙，纽扣是手作如意扣，配着红珊瑚胸针，尽显端庄大气。一对红木耳环和手镯，则透出事业有成女性独有的精致婉约。问她是什么品牌的饰物，她毫不掩饰地说："我自己做的。"原来，为了配这枚红珊瑚胸针，她设计制作了独一无二的耳环和手镯。她还会买来各式菜谱，为家人研发中西合璧的新菜式，然后教会保姆。家人常常在惊喜中吃到中式菜饭、卤面和西式的海鲜饭、柠檬三文鱼……孩子们的同学、小区里的邻居，都喜欢到她家做客，甚至直截了当地要求："要吃卤面、菜饭和大杂烩！"

江湖艰险，我们常常被告诫：去接近一个正能量的人！朱丹给人的印象，就是一位充满正能量的人！

朱丹的荷兰先生来中国近 20 年了。2012 年，这位获得过"白玉兰"奖的荷兰人拿到了中国绿卡，在金融行业任高官的他，曾受到习近平主席和李克强总理的接见。一双儿女也正值妙龄，她常常给他们讲中国典故，在她的引导下，两个孩子对中国传统文化都产生了浓厚兴趣。逢年过节，一家人总要穿上喜庆的唐装，拱手作揖。在家里，先生和两个孩子说荷兰话，朱丹则坚持说中文。

2016年三八妇女节，朱丹接受CCTV《城市中国》"三八特别节目红颜BOSS"电视专访，喜笑盈盈地谈论做副驾驶的心路历程。而我，不仅看到了她驰骋职场时的挥洒自如，还好像看到了她在自家院子里侍弄薄荷、迷迭香时的惬意，好像看到了她和家人在一起时的舒心……这是真正智慧女性的成功。

为表彰朱丹二十多年来，为促进中荷两国的文化经济合作所做出的贡献，最近，由中国荷比卢商会、中国欧盟商会、荷兰耐耶诺德大学、荷兰羊角村旅游局、全荷华人联合会等多家机构联合推荐，她荣获了"荷兰奥兰治·拿骚骑士勋章"。她是首位荣获此殊荣的中国女性。该荣誉奖项于1892年由时任摄政王艾玛皇后制定启动，每年经由时任国王或女王批准后授予为社会做出突出贡献的各界人士。

朱惜珍：马路边的风景，装饰了她的文字

苏格兰情调的桌布上，是咖啡鲜花、古朴的台灯，以及被惜珍装在漂亮纸袋里的三册《永不拓宽的上海马路》。这是她的作品，翻开，任何一篇都让人有一种冲动：去马路上走一走！

惜珍本名朱惜珍，当过记者编辑，钟情文字。起初，以写小说为主。代表作有《不和谐的和谐》《长亭短亭》《不说也罢》《寻找感觉》《拒绝浪漫》《迷失在丽娃河畔》等等。小说，可以满足一个女性想象的欲望。

惜珍从小在上海的石库门弄堂里长大。但儿时的老房子早已经不在了，每每路过，总是怅然。偶尔在梦里出现熟悉的街道老屋，倒是温馨依旧。但，梦毕竟是梦，转瞬即逝。

年轻时的闺蜜远嫁异乡，回来，总是邀她一起，到原先居住过的地方怀旧，以解乡愁别绪。可是，日新月异的上海，撕碎了她们对往昔生活场景的记忆。失落痛悔之余，也只能在马路上转转。上海的气息，

也是颇能慰藉人心的。

惜珍深爱着上海。常常被梦里的情景温暖着,于是她想为自己以及和自己一样,有着上海马路情结的人留存一份念想。从2003年起,她的目光转向上海的城市文化,开始了上海历史与人文的非虚构写作。她常常一个人,静静的,慢慢的,有时候甚至是漫无目的的,走在马路上,一路上不时拍个照。不久,《上海的马路》问世。从那时开始,上海就成了她的写作主题,写上海成了她生命中不可或缺的精神主食。

2007年6月,上海中心城区内,144条道路和街巷被市政府列为风貌保护道路,其中64条风貌保护道路为永不拓宽的马路。上海的马路作为城市最基本的元素,不少依旧保留着东西方两种文化碰撞的特殊符号,镶嵌着东西方两种文明互相包容的印记。尤其这64条马路,以原先租界内为最多。惜珍一条一条马路走过,街边的风景,点缀了她的梦境,装饰了她的文字。《永不飘散的风情——上海的历史文化风貌区》《花园洋房的下午茶——上海的保护建筑》《梧桐深处的别恋——上海的经典园林》……这些书,几乎成了解读上海马路的经典。

这些年来,惜珍去了不少城市。美国的第五大道让她想起上海外滩;新加坡的滨海,让她想起上海的黄浦江;俄罗斯充满宗教气息的"洋葱头"建筑,让她想起自己居住的城市里静默的东正教堂;特别是在欧洲的大城小镇,那些铺着鹅卵石的蜿蜒小道和两边缤纷的窗台、花架、梧桐树、咖啡馆……本是陌生之地,在她,却总是有一种似曾相识之感。在那些城市,她常常会想起上海,然后,感到莫名的亲切。因为,上海容纳了所有这些元素。

十多年的行走,惜珍如优秀旅行体验师般专注与执着。衡山路、东平路、武康路、安福路、复兴路、陕西路、淮海路……她在64条一类风貌保护道路上,流连、探询、求证、解读。上海美女作家不少,而她是别具风味的上海马路解读者。

惜珍说,上海的马路,是上海开埠以来所谓大都会风格的又一个解读这座城市的密码。马路两旁林立着的法国梧桐,是上海马路的标志,而马路深处的花园洋房和欧式廊柱背后攀满藤萝的庭院所溢出的是最纯正的上海味道。

惜珍的文字很干净,她被称为海派作家。《永不拓宽的上海马路》三册,则是她骨子里深恋上海的结晶。如此,田园、鲜花、咖啡、友情,都成了她兴致盎然的理由。她似乎特别喜欢桌布,在马路边的小店里一旦发现新颖别致的,她都收入囊中。那种对日常生活的热爱,让她充满了激情,字里行间,也是一览无余。

作为师董会导师,惜珍说:"若你想去读懂上海,除了到东方明珠、外滩、城隍庙、田子坊等世人皆知的景点外,还应该去一些鲜为人知的地方,譬如颇有历史感的老洋房和旧马路——因为那里也藏着复古而新锐的魔都。"是的，那些布满沧桑的红砖外墙，青石路面，新旧融一，留存了老上海的记忆，旧门楣里镶嵌着优雅。老派头与新格局，旧上海与新时尚，这般的时光交错透露出浓郁的小资情调，令人忍不住想了解更多。

　　上海女人写上海，应该是心有所得，情有所至。何况，惜珍是一条一条马路走出来的，书里的照片有许多也出自她手。她有绘画功底，所以那些老房子即使再蒙尘遮灰，在她的镜头里也难掩曾经的气度。她写的上海马路，让她不仅赢得读者喜欢，也深得专家认可。如今她常常受邀去开讲座，长期积累的丰厚的有关上海的故事，让她娓娓道来，令听者在了解上海文化历史的同时，发自内心地爱上这座城市。

　　一次，有意去听她的关于上海马路的讲座，不料临时有事，没去成，甚遗憾。她知道了，连连安慰："没关系的，讲座很多，已经排到年底了，如有空，随时来。"闻言，不由对她刮目相看。

　　不知是惜珍的文字为上海的马路立碑存档，还是马路边的风景装饰了惜珍的文字。如果你想看看最真实最生动的上海，就去上海的马路上走走，特别是西区那些隐藏在宽大梧桐树荫下的石库门弄堂，说不定还能碰上正独自行走的惜珍女士。

四季有花，人生不慌

常常被电影中的女性感动。《简·爱》让我懂得，女性自尊和自爱带来的美好结局；《罗马假日》让我看到，女性自由和舒坦比荣华富贵更珍贵；《德伯家的苔丝》让我明白，不公和歧视会给女性带来伤害……但，电影毕竟是电影，和日常有点距离。

冬天，除了傲挺的蜡梅应时，似乎很难有让我心动的花色。在一个长寒的冬季，作家淳子发来了一句让我心暖的话：等花开，等你来。心暖之余，我捧起电脑坐到了阳光下，想象的翅膀顿然张开。我想在春天到来之前，为自己准备些什么。准备什么呢？无非是文字里的各种有趣。只有文字才能让我恣意，让我一身轻松。

彼时，上海党建文化研究中心主办的杂志《党员经典导读》约我写稿。断断续续的，我写了一些各个时期的女性。到了2015年初，灵光乍现，我想要把自己欣赏的、喜爱的当代上海女性写出来。感谢上海党建文化研究中心为我提供了这样一个平台，开辟了

"上海滩女性素描"的栏目。于是一月一篇，每月都有期待，每月都有成果。

我运用散文的形式、白描的手法，不说大道理，专讲小故事，用真实的细节，尽量生动勾勒出这些上海女性的精神风貌、工作成就和生活状态。

本书的主人公，都是上海各行各业优秀女性，如艺术家、作家、摄影家、演员、主持人、公司总裁、外交官夫人、金融高管、医务工作者、中外文化交流使者、普通白领或者社会志愿者，她们对工作的热爱、专业、自信和在工作中做出的成就，为百年上海的辉煌增添了一抹亮色；她们日常的人品修养、学识喜好为海派文化的传承起到了示范作用。同时，作为母亲、妻子、女儿，在营造良好和谐的家风方面，她们严于律己也起到了积极的作用。写作过程中，上海女性的国际化视野以及在新时期新形势下，坚持梦想、砥砺前行、与时俱进的精神风貌，给人一股向上向善的力量。她们是事业成功、家风纯良的母亲、妻子、女儿们。从她们身上，大致可以概括出上海女性的独立、智慧、善良、勤劳、爱美的特质。

一位位鲜活生动的女性吸引了我，她们的成功、她们的智慧、她们的美丽、她们的善良、她们对生活的热爱，乃至各色性情都成了我关照自己的一面镜子。

女性对花有着天然的喜好。但也有不忍，那就是鲜花将谢未谢时。所以我总是有意无意地往散发着馥郁芬芳的花店去，并不常买，看看闻闻而已。窗前的绿叶、台阶边的鲜花，甚至墙角的无名花，让我对未来的期望变得现实。

承蒙浦东新区妇联主席陆敏之，民进市委委员、福卡智库特聘研究员施蓄生先生引荐，我采访到了诸多海派精英女性。无论是芳名远播的明星，还是默默无闻的普通人，每次采访对我而言都是一次"艳遇"，一次学习的机会。由于写作时间间隔较长，一些人的身份有所改变，工作也有调动，一些数据也需更改，但不变的依然是坚持美好的初心和一直向前的恒心。

在此书出版过程中，特别要感谢的是上海党建文化研究中心、福寿园国际集团，还有丹孋摄影工作室的鼎力支持。

"何时浅碧深红色，自是花中第一流"。四季有花，人生不慌。

谨以此书献给曾经明媚清澈无邪的双眸，献给遇见的美好，献给让我充满无限遐想的未来，想给亲爱的家人、可爱的朋友们。

是为后记。

2019 年 7 月 6 日

图书在版编目（CIP）数据

等花开　等你来/王岚著. —上海：上海文化出版社，2019.8
ISBN 978-7-5535-1667-7

Ⅰ.①等… Ⅱ.①王… Ⅲ.①散文集-中国-当代 Ⅳ.①I267

中国版本图书馆CIP数据核字（2019）第140565号

出　版　人：姜逸青
责任编辑：罗　英　张　彦
装帧设计：王　伟

书　　名：等花开　等你来
作　　者：王　岚
出　　版：上海世纪出版集团　上海文化出版社
地　　址：上海市绍兴路7号　200020
发　　行：上海文艺出版社发行中心
　　　　　上海市绍兴路50号　200020　www.ewen.co
印　　刷：苏州市越洋印刷有限公司
开　　本：889×1194　1/32
印　　张：6　彩插：12
版　　次：2019年8月第一版　2019年8月第一次印刷
书　　号：ISBN 978-7-5535-1667-7/I.652
定　　价：68.00元
告　读　者：如发现本书有质量问题请与印刷厂质量科联系 T：0512-68180628